ERNEST BENJAMIN

VEILLÉES

POÉTIQUES

FAC ET SPERA

PARIS

ALPHONSE LEMERRE, ÉDITEUR

27-31, PASSAGE CHOISEUL, 27-31

M DCCC LXXXII

VEILLÉES POÉTIQUES

ERNEST BENJAMIN

VEILLÉES
POÉTIQUES

FAC ET SPERA

PARIS

ALPHONSE LEMERRE, ÉDITEUR

27-31, PASSAGE CHOISEUL, 27-31

M DCCC LXXXII

A MON MAITRE

FRANÇOIS COPPÉE

Hommage respectueux.

Er. Benjamin.

SABRE ET LYRE

Les poëtes vivront tant que vivra le Monde !
Les trônes sont brûlés et les lis sont flétris :
Les rois tombés, déchus, exilés et meurtris,
    Voient leur race inféconde !

Les Césars sont passés, qui de leur glaive d'or
Faisaient trembler la terre et rougissaient la nue :
Les Césars sont passés, comme l'éclair qui tue,
    Mourant dans leur essor !

Babylone a compté tout autant de murailles,
Que l'année a de jours ; et les Mèdes soumis,
Ont vu dans Ecbatane, avec Sémiramis,
    Un sceptre sans entailles.

Mais l'Histoire, aux lueurs de son puissant flambeau,
Ne dit pas, ne sait pas où dort la Souveraine.
L'Histoire a consigné la mort de cette Reine,
　　　Sans lui faire un tombeau.

Le fier Arioviste, humble et bas comme l'herbe ;
L'unique espoir de Gaule, enfin déraciné ;
Caton d'Utique mort ; Pompée assassiné,
　　　Ont fait César superbe !

César a vu Brutus, et connu son bourreau ;
Et César a livré son corps aux coups du traître.
Les conjurés frappaient ; et l'Empereur, leur maître,
　　　Mourait sous son manteau !

Charles-Quint, Charlemagne, étendant leur empire,
Ont conquis l'Univers ; si bien, que désormais
Le soleil pour tous deux ne se couchait jamais.
　　　Hélas, leur sort fut pire !

On peut jeter leur sceptre aux mains du fossoyeur ;
Car, tout est morcelé sur leur beau territoire,
Et le soleil fait face à leur ancienne gloire
　　　Aujourd'hui, sans frayeur !

Napoléon-le-Grand, si grand que le ciel même
Frissonnait sous sa voix, fut défait à son tour ;
Et l'aigle, au vol altier, vit l'infâme vautour
        Briser son diadème.

Les rois sont fils de l'homme ; et tout homme est mortel ;
La gloire est un hochet : le hochet est fragile :
Il fallait pour qu'il fût ferme comme l'argile,
        Rendre l'homme immortel !

Le poëte, pourtant, domine la tempête,
Prêtant son luth qui chante aux immenses douleurs,
Apaisant les chagrins, et refoulant les pleurs,
        Avec ses airs de fête.

Seul le poëte vit, libre, sans autre but,
Qu'emprisonner son cœur dans un pieux délire,
Et ne voulant avoir que les sons de sa lyre,
        Pour gloire et pour tribut !

LE FILS DE MON ONCLE

I

Si l'or donne aux humains esprit, prépondérance,
Mon oncle a ces vertus plus que personne en France.
Il a de l'or.
                    D'ailleurs, je ne citerais pas
Ville de l'univers qui n'ait compté ses pas.
Lui seul peut vous dépeindre, en un récit fidèle,
Le goût du plum-pudding ou du nid d'hirondelle ;
Il a vu des combats de coqs et de taureaux ;
Il a fouillé le Nil, s'est baigné dans ses eaux ;
Il a vécu huit jours chez les bandits de Rome ;
Il a visité l'Inde ; il a mangé de l'homme ;
Il a chassé le singe et le tigre et le loup ;
Enfin, il a dansé le vrai Pilou-Pilou.

Vous voyez que mon oncle est une âme trempée,
Résistante, mais souple, à l'instar d'une épée.
Mon oncle va très bien ; il mange encore mieux ;
Et, pour ces deux raisons, espère vivre vieux.
Lorsque, les mains en poche, il redresse son buste,
Il a dans le maintien quelque chose d'auguste.
Il promène son corps si magistralement,
Qu'on dirait un pontife et le Saint-Sacrement.

Quoi qu'il en soit, mon oncle avait ouvert boutique,
Sans ballons, sans buffet, sans lumière électrique,
Tout au fond d'une cour où l'on ne voyait rien,
Sinon que le tissu s'y débitait fort bien.

Mon oncle, à quarante ans, jugea l'heure opportune
De prendre du repos : il avait fait fortune !

J'étais bien jeune encor, mais je le vois toujours,
Fumant dès le matin et riant tous les jours :
Il invitait les gens pour leur rendre service ;
Et savant ou crétin, homme mûr ou novice,
Tous devaient l'écouter et lui donner raison,
Admirer son jardin et vanter sa maison.
Pendant qu'on discourait, ô barbarie inique,
Il voulait qu'un des siens lui fît de la musique.
Il n'avait qu'un seul mot dans la bouche « l'argent » :
Il éloignait de lui tout homme intelligent,

Et ne prenait plaisir à conter ses voyages,
Qu'à ceux qui n'étaient pas sortis de leurs villages.

Il avait un défaut qui lui semblait normal :
C'est que n'ayant qu'un fils, il l'élevait fort mal.
Raoul était le nom de ce jeune prodige :
Ce nom dit par mon oncle avait tant de prestige,
Qu'on s'expliquait pourquoi son enfant, sans terreur,
Rêvait d'être un bandit, ou bien un empereur :
L'échafaud ou le trône : à ce héros de race,
Il fallait ce moyen pour nous laisser sa trace.

On le mit au lycée. Hélas, dès son début,
Il avait tant d'esprit, qu'il dépassait le but.
C'était vertigineux de voir ce grand jeune homme
Aimer mieux les arrêts, qu'Athènes, Sparte et Rome.
Peccadille, après tout ! Mon oncle en fut charmé :
Irait-on pour si peu se montrer alarmé !
Il disait à son fils : « Va, ne crains rien, prospère ;
« Car tu peux tout oser, tant que vivra ton père. »
Le fils osa bien plus, il fit des créanciers :
Il les avait choisis, d'ailleurs, peu tracassiers ;
Mais mon oncle comprit, en déliant sa bourse,
Qu'on ne peut pas tarir les torrents dans leur course.
Lui, qui rêvait Saint-Cyr pour le jeune écolier,
Demanda seulement de le voir bachelier ;
Et c'était encor trop ! A la plus simple épreuve,
Ses juges l'ajournaient, sans vouloir d'autre preuve.

La Sorbonne, en faisant son premier lauréat,
Aurait dû mettre à prix le baccalauréat !
Pas même bachelier !

                Pour cacher sa souffrance
Et pleurer librement, Raoul quitta la France.
Monaco fut la ville où ce doux pénitent
S'exila, pour montrer qu'il était repentant.
Une blonde, aux yeux bleus, à l'allure agaçante,
Vint pleurer avec lui, sur l'onde frémissante :
Si bien, qu'un beau matin, on les vit de retour,
Endettés par le jeu, mais riches par l'amour.
Le cercle de mon oncle, indulgent en morale,
Décora ces excès du nom de pastorale.
Le mot porta : Raoul obtint son concordat
Et de l'argent avec, sans qu'il le demandât.

Aussi depuis ce temps, fort de cette magie,
Sait-il avec succès expliquer chaque orgie.
Il se déclare artiste ; et, ce débordement,
C'est le cri du génie, à son enfantement !

Il a beaucoup d'amis dans la magistrature,
Et promet à son père une sous-préfecture.
Il a chiens et chevaux et femmes à foison ;
Le soir, dans le champagne, il laisse sa raison,
Ou bien s'en va s'asseoir à quelque table verte,
Et, quand à l'horizon, par la fenêtre ouverte,

Il aperçoit le jour, sans rougir, ni blêmir,
Il sonne son laquais qui le porte dormir.

. . . .
. . . .
. . . .

II

Dix ans se sont passés !

                       Je rouvre cette page.
Mon oncle est ruiné. Son chagrin, son grand âge
Le rendent impuissant à tout nouvel effort :
Lui, si plein de la vie, acclamerait la mort.

    Hier, il vint me voir ; et, les yeux vers la terre,
« Ecoute, me dit-il, ce n'est plus un mystère :
« Il a tout dévoré : voilà tantôt trois mois,
« Nous nous étions fâchés pour la centième fois ;
« Je sentais la ruine. Il partit, sans rien dire,
« En voyage, en Savoie, et resta sans écrire.
« Hélas, je l'ai revu... mort... et défiguré...
« Un gendarme écrivait, seul, auprès d'un curé...
« Ne crois pas qu'il s'était... qu'il était las de vivre...
« Non !... tombé dans un gouffre, un jour... il était ivre !

« Pour qu'il dorme en repos et qu'il ne doive rien,

« Je suis prêt à donner le reste de mon bien.

« C'est affreux ! car, il faut à présent que je meure !

« Pour lui, j'ai tout perdu, mon pain et ma demeure. »
      Le vieillard sanglotait.

                    Je ne pus soutenir
Plus longtemps sa douleur.

                    « Mon oncle, à l'avenir,
« Vous vivrez avec moi, criai-je. »

                              « Loin des hommes,
« Dit-il, parce que l'or nous fait ce que nous sommes ! »

Pauvre oncle ! je compris par ce mot triomphant,
Qu'il pleurait sa fortune et non pas son enfant.

LE DÉCLASSÉ

I

Claude et Claudine étaient du Cantal tous les deux.

Enfants du même sol, l'un de l'autre amoureux,
Ils s'étaient épousés.
                    ·Puis, riches d'espérance,
Et présentant, d'ailleurs, une honnête apparence,
Ils étaient arrivés à Paris, un matin,
Porteurs d'un mot d'écrit pour le baron d'Autin.

II

Le baron les trouva propres à son service :
Claude avait bien pourtant l'air niais et novice :
Il ne contenait pas assez son sentiment
Devant les lambris d'or du bel appartement,
Devant les deux pur-sang et le grand équipage ;
Il rendait sa pensée avec trop de tapage ;
Il riait de voir rire, et ne s'expliquait pas,
Qu'entendant parler haut, il dût parler tout bas.
Mais Claudine, sa femme, était si bien tenue,
Sa petite personne était si bien venue,
Qu'elle arrivait toujours à masquer les effets
Que Claude produisait, avec tous ses méfaits.
Claude, du reste, était une bonne nature,
Soumise, dévouée, et pleine de droiture.

A quelques mois de là, le Suisse de l'hôtel,
Excellent serviteur, très vieux, mais très mortel,
Consentit à mourir, sans murmure d'envie,
Tranquille et fier d'avoir bien employé sa vie.

Claude et Claudine alors, eurent l'avancement
Qu'ils souhaitaient — la loge. Ils firent le serment

D'être adroits et zélés, et de ne pas confondre
L'importun que l'on doit rudoyer et morfondre,
Avec l'homme de race ou l'illustre savant,
L'un peu poli parfois, l'autre mal mis souvent.

Claudine se complut dans sa nouvelle place :
Elle avait une chambre avec armoire à glace,
Une belle cuisine avec de grands fourneaux,
Une salle à manger, des fleurs et des tableaux,
Une table à pieds d'or, d'un tapis recouverte,
Ornée en son milieu de quelque plante verte,
Un cordon de tirage avec un gland d'argent,
Et, pour comble de joie, un seigneur indulgent.

S'estimant grande dame, elle mit tout en œuvre,
Pour habituer Claude au rôle de manœuvre.
Aussitôt qu'au dehors le cocher glapissait,
Comme un ressort d'acier, Claudine bondissait.
« La voiture, entends-tu ; va vite ouvrir la porte ! »
Et le brave garçon, médusé de la sorte,
Ouvrait, fermait la porte, ou lavait le palier,
Ou tirait le cordon, ou cirait l'escalier.
   Malgré ce dur travail, digne de tout éloge,
Il n'avait pas le droit de fumer dans la loge,
D'exiger un bon plat fait de ciboule ou d'ail,
De parler au facteur longtemps sous le portail,
De voisiner un peu, de sortir tête nue,
Et d'être, le matin, en petite tenue.
   Comme il aimait sa femme avec âme et chaleur,
Il ne protesta point, et subit son malheur ;

Mais, dans l'espoir d'ouvrir une ère plus prospère,
Un soir, il subjugua Claudine, et se fit père.

Claudine blâma fort cette preuve d'amour,
Et nomma franchement la chose un mauvais tour.
    Elle accoucha d'un fils ; et, malgré la baronne
Qui descendit le voir et se montra très bonne,
Elle déclara net qu'elle ne voulait pas,
Avant qu'il eût dix ans, le sentir sur ses pas.
    Elle se fit très humble avec sa protectrice,
Mais condamna l'enfant à dix ans de nourrice.

Claude, le cœur bien gros, sut contenir ses pleurs :
Le petit n'allait pas chez des ogres, d'ailleurs :
Il allait au pays, chez sa vieille grand'mère
Qui promettait d'écrire ou par monsieur le maire,
Ou par l'Instituteur, ou par le bon curé,
Pour que Claude pût vivre à peu près rassuré.

III

Tout marcha bien. L'enfant s'élevait à merveille,
Était le lendemain plus gentil que la veille,
Progressait en sagesse, ainsi qu'en embonpoint,
Et déjà se montrait un prodige en tout point.

Or, il était entré dans sa neuvième année,
Quand la vieille mourut. Claudine chagrinée
Du fâcheux contre-temps, fit pourtant revenir
Son fils, rêvant pour lui le plus bel avenir.

Elle trouva l'enfant par trop de son village :
Air épais : esprit lent et tournure sauvage.
Elle l'assujétit aux règles du grand art,
Lui disant qu'il devait trembler sous son regard,
Obéir au baron, saluer la baronne,
Ne jamais relever d'aucune autre personne,
Apprendre le bon ton, s'instruire, et laisser voir
Quelquefois au seigneur un peu de son savoir.

La leçon fut comprise : on adula le maître.
Le maître y fut sensible, et fit bientôt connaître
Que l'enfant n'était pas né pour être laquais ;
Et qu'il allait le mettre au lycée, à ses frais.

La mère en fut joyeuse ; et le père, au contraire,
Trouva dans son projet le baron téméraire :
Il répétait toujours : « Que mon fils soit portier ;
« Et je serai son père encor dans le métier ! »
Claudine, sans tarder, lui jetait à la face
Qu'il ne voulait rien moins qu'abâtardir sa race.
Claudine l'emporta : l'enfant fit du latin ;
Mais ce qu'il fit surtout, c'est un parfait crétin.

Il hiverna parmi les derniers de la classe :
Rien ne put l'émouvoir. Alors, de guerre lasse,

Son professeur finit, un jour, par l'exiler
Sur les plus hauts gradins, pour ne plus lui parler.

Sûr de l'impunité, l'enfant lut en cachette
Ces manuscrits, que nul ne vend, que nul n'achète,
Composés et tracés par des gens inconnus,
Récits vides d'esprit, mais graveleux et nus,
Flétrissant la jeunesse encore à peine éclose,
Comme un rayon trop chaud vient flétrir une rose.

Il se corrompit vite.
                    Avait-on, vers le soir,
Résolu de souffler la lampe du dortoir,
De cacher un paquet de pétards dans la chaire,
D'éprouver le bon cœur d'un maître débonnaire,
En vidant sur son dos l'encre d'un encrier,
Sans qu'il s'en aperçût et pût se récrier ;
Acclamé général par chaque camarade,
Notre jeune bandit, digne de ce haut grade,
Dirigeait la bataille et soutenait l'effort,
Jusqu'à ce que, vaincu par un pouvoir plus fort,
Il fût mis aux arrêts, une étroite demeure
Où le pénitent doit faire cent vers à l'heure.

Or, son étude, un soir, vint en procession,
Conduite par ses soins, à la confession ;
Et chacun s'accusa, dans le plus grand mystère,
D'avoir eu pour maîtresse une femme adultère :
Le succès fut très franc ; mais ce jeu criminel
Indigna l'aumônier, qui, dur et solennel,

Présenta son rapport sur cet acte sinistre,
Exigeant sans pitié qu'il allât au ministre.

La chose fut jugée avec sévérité,
Et le meneur chassé de l'Université.

Claude en eut du dépit, jugea qu'il était sage
Que son fils fût, dès lors, mis en apprentissage,
Et dit qu'il désirait en faire un horloger.

Claudine s'écria que c'était déroger,
Et fut chez le baron détailler ses alarmes.

Son fils l'accompagna, pleura toutes ses larmes,
Jura de travailler plus qu'il ne l'avait fait,
Et d'être avant un mois un élève parfait.
Le baron qui s'était montré froid, ferme et sombre,
Accorda son pardon.
               Par des faveurs sans nombre,
Le jeune homme au lycée eut un nouvel accès,
Se fit durant trois ans consigner à l'excès,
Manqua ses examens quatre fois en Sorbonne,
Fut oisif, joua, but, et vola la baronne.

Lorsque l'on découvrit son vol, il avait fui.
Le baron fut terrible, et voulut que pour lui,
Les siens fussent punis. Dans sa colère extrême,
Il les congédia de l'hôtel, le soir même.

IV

Le brave Claude est mort plus tard, à l'hôpital,
Miné par le chagrin, loin du pays natal ;
Il a dit à la sœur, sublime créature
Qui priait et pleurait devant cette torture :

« Ma sœur, ne pleurez plus, car je meurs bien heureux ;
« Mais priez, oh ! priez, et que ce soit pour eux. »

V

Claudine a survécu.
                    Le cœur plein d'espérance,
Elle lutte, pour mettre un terme à sa souffrance.
Claude est mort ! Et qu'importe ! Elle a son fils toujours :
C'est son Dieu, son fétiche ; elle passe ses jours

Dans un taudis malsain, travaillant sans relâche,
Vivant en lui, pour lui, pâlissant sous la tâche,
Pendant qu'il boit dehors.

     Il se montre exigeant.

Quand il couche au logis, c'est qu'il veut de l'argent.

Ces nuits là, les voisins entendant grand vacarme,
Restent paisiblement dans leur lit, sans alarme,
Et disent aux enfants qui s'effraient :

       « Ce n'est rien :
« C'est la Claudine encor, que frappe son vaurien ! »

JEAN LE GUEUX

I

Jean le Gueux, c'est son nom, n'a pas un sou qui vaille ;
Mais il a ses dix doigts, et chaque jour, travaille.
Il est grand, nerveux, pâle : il a cet air brutal
De ceux que le destin marque du sceau fatal :
Nul être n'est meilleur : il accepte la vie,
Sans la charger encor d'un murmure d'envie.
  Il part de bon matin ; et, si sur le carreau,
Il voit le givre en lame adhérer au rideau,
Il enfonce son cou tant qu'il peut dans sa veste ;
Il embrasse sa femme ; et, sans fracas, sans geste,
« Fais du feu pour l'enfant, dit-il, le froid est vif :
« Ne laissons pas souffrir ce petit corps chétif :
« C'est jeune, vois-tu bien ; mais c'est gentil ; courage !
« Quand je le sais heureux, j'ai du cœur à l'ouvrage ! »

Jean est robuste : il a bon œil et bon jarret :
Il est sobre : jamais il n'entre au cabaret.
Il aime son patron : il hait la politique.
Qu'on vive en Monarchie, ou bien en République,
Il s'estime content, pourvu qu'en son logis,
Sa femme et son enfant n'aient pas les yeux rougis.

   S'il n'a pas quelque argent caché dans son armoire,
C'est que l'été dernier, de lugubre mémoire,
La mère et le petit furent tous deux très mal ;
Et qu'il ne voulut pas les mettre à l'hôpital !

Tous ces maux sont passés ; et ce soir, il chemine
Comme un homme que rien n'attriste ou ne domine.
Il marche vite : il songe à son pauvre foyer
Composé d'un bahut, d'un vieux lit de nòyer,
De trois chaises de paille et d'une table affreuse,
Où bien souvent, pourtant, la famille est heureuse.

   Son bébé l'entendra monter par l'escalier ;
Il viendra tout courant l'embrasser, au palier,
Grimpera sur sa tête ; et, perché de la sorte,
Fera par ses discours tant de bruit à la porte,
Que la mère accourra réprimander l'enfant,
Oubliant aussitôt ce qu'elle lui défend.

Quelle douce pensée ; et comme l'espérance
Efface en renaissant, la plus rude souffrance !

Mais voici la maison ! Malgré l'épais brouillard,
Jean l'a bien distinguée : il se presse : il est tard :

Il monte : il est joyeux. Toutefois, noir présage,
L'enfant ne descend pas l'accueillir au passage.
Peut-être est-il malade ? Et ce matin pourtant,
Au départ de son père, il était bien portant.
Non ! l'heure est avancée : on l'a couché, sans doute.

Voici Jean à la porte : il s'arrête ; il écoute.
Un sanglot lui répond.

                    « Ouvre vite ; c'est moi. »
Dit-il. On ouvre.—« Eh ! bien ! on pleure ici ! pourquoi ? »
Sa femme vient à lui.

                    « Jean, tu vas me maudire,
« Dit-elle ; c'est affreux ; mais je dois tout te dire !
« Tu sais bien, ce flacon, ce médicament noir,
« Ce poison, dont je bois quelques gouttes le soir,
« Le petit a tout bu ! La mort attend sa proie ! »
    « Tu n'étais donc pas là ? »
                    « Non ! »
                            « Mon enfant ! ma joie !
« Empoisonné ! Maudite ! »
                        Et sa main, lourdement
Inflige à l'innocente un lâche châtiment.
Puis, comme un criminel qui devine sa perte,
Le malheureux s'enfuit par la porte entr'ouverte.

II

Cependant, un voisin a cherché du secours :
Un médecin arrive et prête son concours.
Ce logis délabré, cette douleur amère,
Ce bel enfant mourant à côté de sa mère,
Ont tant ému cet homme insouciant du sort,
Qu'il met toute sa force à combattre la mort.
La femme a pris courage ; elle n'est plus tremblante.
Une lueur d'espoir la rend soudain vaillante.
Elle se multiplie ; en même temps partout,
Elle veut seconder le médecin en tout.
Sa chambre est au pillage : hélas, son sacrifice
Lui semble moins pénible encor que son supplice :
Les yeux rivés au lit, elle voudrait forcer
Le secret que la mort ne laisse point percer.

Tout à coup le docteur paraît être moins sombre,
Moins inquiet. La femme a tout compris, dans l'ombre.
« Il vivra, n'est-ce pas, dites qu'il est sauvé ! »
« Oui, si d'ici demain, rien ne s'est aggravé ! »
A l'aube, le docteur vint faire sa visite.
« Femme, dit-il, le ciel connaît votre mérite :
« Votre enfant est sauvé : soignez-le bien toujours ;
« Mais soyez à présent sans crainte sur ses jours. »

Quand le docteur fut loin, cette mère en délire,
Au lit de son bébé, s'en vint pleurer et rire ;
Et l'enfant, soulevant sa paupière un moment,
Dit d'un accent voilé : « Je t'aime bien, maman. »

La femme regarda dans la chambre, autour d'elle,
Comme quelqu'un qui cherche un compagnon fidèle.
Dans l'ombre, elle vit Jean qui n'osait approcher :
Il sentait qu'il avait tout à se reprocher.

« C'est toi, s'écria-t-elle, ah ! j'ai la joie en l'âme ;
« Viens donc ; il est sauvé ! »

                        « Moi, je suis un infâme,
« Reprit Jean tristement ; et tu m'as condamné ;
« J'ai pourtant bien souffert ! »

                        « Non ! je t'ai pardonné, »
Dit la femme.

                « C'est vrai ? »

                        « Bien vrai : l'enfant ignore
« Ta faute d'hier : chut ! Et moi, je t'aime encore ! »
Ils se turent.

                Tous deux, serrés étroitement,
Dans un ardent baiser, s'aimèrent follement.

UN CHATIMENT

I

La terre s'endormait.
                     Dans le divin séjour,
Chantant l'hymne sacré qui termine le jour,
Les anges près du maître, inclinés à la ronde,
Rachetaient par leurs chants les blasphèmes du monde.

Cependant, une femme, en cette heure de paix,
Péchait de ce péché qu'on n'efface jamais.
Elle attendait un homme, un amant, un bellâtre,
Après avoir chassé l'époux du coin de l'âtre,
Et mis dans un berceau, sous un baiser menteur,
Son enfant, qui pouvait être son rédempteur.

L'homme ne venait pas.
                     L'adultère est un crime

Qui souille tous les jours le foyer qu'il opprime ;
Patience ! un retard n'est pas la trahison.

Elle avait fait pour lui le vide en sa maison ;
Sans lui, que pourrait-elle en cette solitude !
Sa faute était déjà pour elle une habitude :
Le soir, elle aspirait à l'heure où son amant
La grisait d'un soupir ou d'un enlacement.

On comptait leurs désirs aux baisers de leurs bouches ;
Ils avaient tous les deux des désordres farouches :
Leur crime était trop grand et par trop personnel,
Pour qu'il ne devînt pas un besoin éternel.

Déjà, l'aiguille d'or attristait la demeure,
En marquant au cadran le murmure de l'heure :
La lampe pâlissait ; et l'ombre en grandissant,
Donnait à chaque objet un aspect saisissant :
Il semblait que l'objet allait avoir une âme,
Se dresser, et frapper la créature infâme.

La femme se sentit trembler sous le frisson :
Le vide l'excédait : aucun bruit, aucun son
En ce boudoir, jadis si discret reliquaire,
Transformé tout d'un coup en un froid ossuaire.
Se levant, droite, blême, elle fit quelques pas :
Elle voulait savoir qu'elle ne rêvait pas ;
Elle voulait chasser ses craintes et ses peines
Et réchauffer le sang qui lui glaçait les veines.

Elle ôta bruyamment d'un petit guéridon
Un album élégant, fané par l'abandon ;
Puis venant sous la lampe avec moins de tapage,
Elle pensa trouver l'oubli dans cette page
Où divers amateurs avaient fait tout d'un trait,
Une ode, une maxime, un dessin, un portrait.

Elle voit ; elle a vu ! Quel châtiment féroce !
Des vers... des vers contre elle ! ô facétie atroce !
Elle froisse la feuille, et machinalement,
S'assure qu'elle est seule, en cet affreux moment.

Une plume inconnue, impudente d'audace,
A mis ces quatre vers à la plus belle place :
« Prends garde que ton fils te fasse, en un seul jour,
« Payer de son mépris toutes tes nuits d'amour.
« L'heure est lente à venir ; mais elle est bien amère :
« L'écho redit aux fils les fautes de leur mère ! »

Elle rougit un peu sous le coup de l'affront ;
Puis bientôt, la pâleur se marque sur son front.
« Puisqu'il n'a pas signé, dit-elle, c'est un lâche ;
« On croirait un soldat qui déserte sa tâche ;
« Mais ces lugubres vers m'accablent de stupeur ;
« Tout est sombre, ce soir ; tout est sombre, et j'ai peur.
« Que si du bien-aimé j'entendais le murmure,
« J'oublierais pour toujours cet instant de torture ;
« Et son retard serait d'autant plus pardonné,
« Que son baiser de paix me serait mieux donné. »

Ces mots n'ont pas encore expiré sur sa bouche,
Que son corps s'est plié sous la main qui le touche.
Oui, c'est le bien-aimé : le voici son amant :
Quelle revanche, enfin ! et quel bonheur charmant !
Pas un mot ; pas un geste ; et pas même un reproche ;
Mais le baiser qui parle et la main qui rapproche,
Et le frémissement et la douce langueur,
Qui vont conter aux sens l'émotion du cœur.

II

L'époux de cette impure était un homme juste,
A la figure franche, à la taille robuste,
Capable de frapper, sans pitié, froidement,
D'un même coup vengeur et la femme et l'amant.
   Elle avait ressenti pour cet être inflexible
Un sentiment de crainte et de haine indicible :
Sensuelle avant tout, orgueilleuse, sans cœur,
Elle rêvait le mal, par mépris du vainqueur.
   Or, un jour, arrachée à la mort la plus triste,
Dans une excursion, par un jeune touriste,
Elle fut éblouie ; et pour cet inconnu,
Fit éclater le feu qu'elle avait contenu.

Ce sauveur avait droit à la reconnaissance :
Le maître, à la maison, toléra sa présence,
L'invita, le choya, le nomma son ami,
Alors qu'il devenait le plus lâche ennemi,
Lâche dans son calcul, lâche dans son courage,
Puisqu'il faisait payer son haut fait d'un outrage.

Toutefois, nos amants épuisaient leurs désirs
En un enlacement trop fécond en plaisirs.
Si leur cœur de l'amour jugeait l'heure trop brève,
Du moins, leur corps brisé demandait une trève :
Déjà, leurs bras plus lourds devenaient moins pressants,
Et leurs yeux accablés se fermaient languissants,
Lorsque des pas confus, qu'on ne pouvait attendre,
A la porte arrêtés, vinrent se faire entendre.

La femme s'arracha des mains de son amant.

« C'est lui, s'écria-t-elle : ah ! c'est le châtiment !
« C'est le tigre qui vient étouffer notre joie,
« Et nous allons mourir, car nous sommes sa proie ! »

L'homme, encor gris d'amour, ne fit aucun effort ;
   Il sentit seulement le frisson de la mort ;
Puis, tandis que rapide, elle allait à la table,
Chercher dans la lecture une excuse acceptable,
La porte s'ouvrit grande ; et, d'un air triomphant,
Quoique très court vêtu, parut un jeune enfant.

« Vois-tu, maman, dit-il, d'une voix familière,
« Je ne puis pas dormir, et j'ai peur, sans lumière :
« Dis, maman, tu permets que je vienne vers toi ?
« Et toi, monsieur, veux-tu ? Maman, embrasse-moi ! »

En voyant ce bébé, l'homme se prit à rire.

Mais sa mère pour lui, n'eut pas même un sourire :
Elle était là, brisée, et livide, et sans voix,
Avec le même album que la première fois.
Son amant effrayé de voir un tel visage,
Vint vers elle ; et voici ce qu'il lut sur la page :

« Prends garde que ton fils te fasse, en un seul jour,
« Payer de son mépris toutes tes nuits d'amour ;
« L'heure est lente à venir ; mais elle est bien amère :
« L'écho redit aux fils les fautes de leur mère ! ».

LA VISITE DE MONSEIGNEUR

Un prêtre à cheveux blancs, enfant de la Bretagne,
Vivait calme en sa cure, au fond de la montagne,
Quand, un jour, il reçut, rare et sublime honneur,
Lui mandant sa visite, un pli de Monseigneur.
Le vénérable abbé crut en perdre la tête :
Il aurait préféré la grêle et la tempête ;
Mais Marton, sa servante, augure consommé,
S'écria : « c'est fort bien ; et vous êtes nommé :
« Croyez-le ! par ce trait, l'évêque se révèle :
« Il vous fait archiprêtre ; en voilà la nouvelle ! »
Et la vieille aussitôt, sans rime, ni raison,
Embellit le jardin, transforme la maison ;
Car elle est résolue au plus grand sacrifice,
Et parle de donner bal et feu d'artifice !
L'abbé, de son côté, sans en rien laisser voir,
Pensait à Monseigneur ; et, pour le recevoir,
Il restaurait l'église, en lavait chaque pierre,
Faisait dorer saint Paul et repeindre saint Pierre ;

Avec trois grands paniers, il envoyait Marton
Mettre à sac le marché du chef-lieu de canton !
Quand le grand jour parut, avant la première heure,
Tous deux, de leur fracas, emplirent la demeure.
« — Les souliers neufs ; le grand chapeau ; mets le couvert. »
« — Courez vous habiller. »

                     « — Et ton rôt : ton dessert ? »

Ils étaient arrivés bientôt à tout confondre :
Ils parlaient tous les deux, sans même se répondre,
Lorsqu'un coup de sonnette, un glas, pour mieux parler,
Vint soudain les surprendre et les faire trembler.
« Déjà lui ! dit Marton : nous sommes perdus, maître ! »
Le malheureux curé se montre à la fenêtre :
« Fausse alerte, Marton ; ouvre ; c'est le facteur. »
« Une lettre — de qui ? »

                Ciel ! du coadjuteur !

« L'évêque est trop goutteux, pour se rendre au village ;
« Et c'est à l'an prochain, qu'il remet son voyage ! »

LE PANIER DE POMMES

Elle avait une dot, des talents d'agrément,
De l'esprit ; elle était jolie assurément.
Malgré ses qualités et vertus de famille,
Elle fut sans succès, et resta vieille fille.
Or, elle est ma marraine !
                     Esclave du devoir,
Filleul respectueux, j'allais souvent la voir.
Depuis tantôt six mois, je ne vais plus chez elle,
Et voici la raison qui refroidit mon zèle.

Un jour que ma marraine était dans son salon,
Lisant un vieux roman qu'elle trouvait fort long,
On tira la sonnette, et de façon si rude,
Que ma marraine dit à sa bonne, Gertrude :
« Est-il prudent d'ouvrir? Pour ma part, j'ai fort peur ! »
La vieille duègne était la veuve d'un sapeur ;
Elle alla, sans mot dire, ouvrir la forteresse,
Avec un air guerrier qui glaça sa maîtresse.

Un homme — C'était moins qu'un diable de l'enfer, —
Fit glisser de son dos, qu'on aurait cru de fer,
Un grand panier.

        « Des fruits ! dit-il à ma marraine. »
Celle-ci répondit : « C'est de ma sœur Irène. »
« J'en prends fort peu souci, fit l'homme en gémissant :
« J'ai failli me tuer : l'escalier est glissant !
« Est-ce juste, Bon Dieu ! de contraindre des hommes
« A se casser le cou, pour un panier de pommes ! »
Mais Gertrude intervint. « Taisez-vous, mon ami,
« Car, nous ne ferons pas les choses à demi. »
Après avoir braqué sur son nez ses lunettes,
Et, pour mieux se poser, rajusté ses cornettes,
Elle signa le livre au mot : émargement,
Et paya le porteur, ma foi, fort grassement.

Ma marraine mangea ses pommes ; et Gertrude
En eut sa large part, suivant son habitude ;
Mais voici qu'en vidant le panier avec soin,
On découvrit, dormant entre deux lits de foin,
Un livre, un petit livre et de forme friponne.
« — Bon Jésus, un roman ! »

           « Un roman ! eh bien, donne :
« Lis le titre d'abord. »

        « — Où cela ? »

           « Tout en haut. »
« Attendez, m'y voici : c'est, c'est Manon Lescaut ; »
« Mademoiselle ! »

      « — Eh ! quoi ? »

      « — C'est léger, ce me semble ? »

« On le dit : je le crois. »

              « Nous le lirons ensemble. »

« Gertrude, y penses-tu ? Ce livre en ma maison !

« Ma bonne sœur Irène a perdu la raison ! »

Ma marraine écrivit, le soir, sur ce chapitre,

A sa très chère sœur une très longue épitre.

Durant ce temps, Gertrude, aux aguets et debout,

Put dévorer Manon Lescaut jusques au bout.

Or, la sœur répondit : « Tu me vois étonnée,

« Je n'ai pas récolté de pommes cette année :

« L'envoi n'est pas de moi. »

           Bientôt, chez le portier,

Grâce à Gertrude, on sut l'aventure en entier ;

Et bientôt on trouva que le destinataire

Était tout bonnement un autre locataire,

Capitaine en retraite, hélas, et vieux garçon,

Qui prit comme un nigaud la chose sans façon,

Et qui, loin de tonner, ainsi qu'à la manœuvre,

Trouva que ma marraine avait fait un chef-d'œuvre.

Je devins importun à dater de ce jour.

Je gênais, paraît-il, mon... parrain dans sa cour ;

Mon... parrain, un jaloux, qui me voua sa haine,

Parce qu'il me croyait épris de ma marraine ;

Mon... parrain, un charmeur qui, par un jour d'été,

Epousa ma marraine, avec solennité ;

Mon... parrain, un butor qui querelle sa femme,

Parce qu'il la suppose infidèle à sa flamme.

Gertrude vint me voir, l'autre soir, en secret.

« Non, certes, me dit-elle, avec un air discret ;

« Vous ne pouvez savoir en quel état nous sommes :

« Monsieur refuse net tous les paniers de pommes ;

« Et madame, cet ange, autrefois sans défaut,

« S'en va dans le grenier lire Manon Lescaut ! »

PAVILLON FRANÇAIS

Je ne sais plus son nom ; mais je sais son histoire.
C'était un fier marin ; le fait est bien notoire.

Il avait le front haut, le regard généreux,
L'œil noir, le teint bronzé, le geste vigoureux :
Ses longs favoris bruns donnaient à sa figure
Un air mâle et tranchant, de si parfait augure,
Que chacun à son bord, venait serrer sa main,
Oubliant près de lui les périls du chemin.
Joyeux, enthousiaste, ami des nobles causes,
Ami des grands soldats qui font de grandes choses,
Il était capitaine à bord d'un beau bateau,
Un vapeur qui fendait orgueilleusement l'eau,
Et qui, huniers au vent, semblait faire connaître
Que l'onde doit s'ouvrir devant un pareil maître.

Ce bateau desservait les ports de l'Océan,
Du Hâvre à Malaga. Ses voyages par an
Étaient fort répétés ; et, sur la mer lointaine,
Nul n'était plus vanté que ce grand capitaine
Qui, chevalier galant, forçait ses passagers,
Par son humeur charmante, à rire des dangers.

Maintes fois, en été, quand la brise plus pure
Gonflait indolemment les ris de la mâture,
A l'heure où le ciel bleu vient de s'illuminer,
Près du mât d'artimon, on servait à dîner ;
Et chacun s'épanchant, le cœur plein d'espérance,
Buvait au maître aimé, qui buvait à la France.

Le capitaine, un jour, reçut l'ordre, au départ,
D'embarquer à son bord, dans le faux pont, à part,
Des objets prohibés, destinés à l'Espagne,
Et sans plus différer, d'entamer la campagne.

Il obéit ; d'ailleurs, sans rien se reprocher,
Estimant, comme tant, que ce n'est point pécher
Que frauder la douane et faire contrebande,
Parce qu'on a souvent des juges dans sa bande.

Il partit, plein d'entrain, heureux sous tout rapport ;
Il atteignit Cadiz, fit escale en ce port,
Soumit sa cargaison aux yeux de la douane
Qui n'osa pas porter trop loin sa main profane ;
Et, quand il fut en règle, interrogeant le vent,
Il s'apprêta gaiement à marcher en avant.

Alors, un douanier à la mine hypocrite,
Comme un tigre affamé, surgit de sa guérite.
« Vous cachez, cria-t-il, des objets prohibés ;
« Vous ne partirez pas, qu'ils ne soient exhibés ! »

« Vraiment, mon bon garçon, lui dit le capitaine,
« Vous l'avez décidé ; donc, la chose est certaine :
« Que ne me mettez-vous tout de suite un bâillon ! »

Et, courant à la poupe, il prit le pavillon
Qu'il posa devant lui.
                    Sans se troubler, du reste,
Sans dire une parole et sans faire un seul geste,
L'Espagnol s'avançait.

                    « Vous ne comprenez pas
« Que je vais vous tuer, si vous faites un pas !
« Qui foule ce drapeau, le paye de sa vie !
« Foulez-le maintenant, si telle est votre envie, »

Et notre capitaine, un pistolet en main,
Menaça l'Espagnol qui rebroussa chemin.

« Mais sachez, mon ami, que je hais le scandale :
« Cherchez-moi le consul; qu'il vienne à fond de cale
« Car, il en a le droit; surtout, qu'il fouille bien ;
« Et vous verrez, morbleu, que je ne cache rien ! »

Le douanier comprit devant cette insistance,
Qu'il était dangereux de faire résistance.

Il s'en fut donc quérir Consul, autorités,
Et tout ce que Cadiz a de célébrités.
Or, les célébrités dînaient ; et leur coutume
Est de fort bien dîner sans mêler d'amertume
Aux parfums de leurs mets, ni permettre aux fâcheux
De venir les saisir de contes ennuyeux.

La douane sur pied, au port, guettait sa proie.

Mais, sans plus s'émouvoir, le capitaine en joie,
Posté tranquillement auprès de son drapeau,
Avec un air moqueur, regardait son bateau
Qui, depuis peu, fumait d'une étrange manière.

Les objets prohibés flambaient dans la chaudière !
Si bien, que le consul, quand il daigna venir,
A part son douanier n'eut personne à punir.

Et, lorsque sous le ciel tout parsemé d'étoiles,
Le vapeur, libre enfin, partit, larguant ses voiles,
Le douanier rêveur, en le suivant sur l'eau,
Ne pouvait arracher son regard du drapeau.

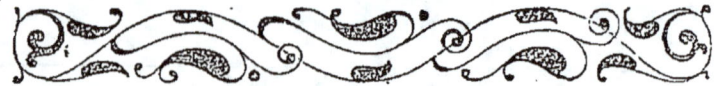

LA FLEUR DU MAL

Tu ne connaissais pas les pleurs,
Quand, près de ta bouche vermeille,
Venait et lutinait l'abeille,
Croyant voir un faisceau de fleurs.

Au seul bruit de ta mélodie,
Le rossignol restait sans voix,
Craignant de fatiguer le bois
Par quelque sotte parodie.

Le ruisseau s'écoulait plus lent
Pour mieux fixer ton beau visage,
Lorsque tu mirais ton corsage
Dans son onde au cristal tremblant.

Mais hélas aujourd'hui, tu voiles
L'éclat du soleil, à tes yeux :

C'est même encore trop pour eux,
Que de regarder les étoiles.

Ta bouche a perdu son carmin ;
L'abeille fuit épouvantée ;
Et ta ballade si vantée,
Un merle la saura demain.

Le vent du Nord, froid et farouche,
A tari le petit ruisseau,
Dont tu venais égayer l'eau
Par un sourire de ta bouche.

Pourquoi cueillir la fleur du mal ;
Et succombant sous le vertige,
A chaque épine de sa tige,
Laisser ton manteau virginal !

LA BOUQUETIÈRE

Elle offre aux passants une rose :
Ses souliers, usés sans retour,
Sur le sol où son pied les pose,
Baillent tristement, tour à tour.

Elle est souriante et gentille :
Sa robe, faite de lambeaux,
Est moins lourde qu'une bastille ;
Mais elle en a tous les créneaux.

L'enfant aime les couleurs claires :
Son caraco beige est fané :
Il a tant vu de locataires,
Qu'il ne sait plus quand il est né.

Sa lèvre est fine, un peu fripée,
Ses cheveux, au fond d'un filet,
Dont chaque maille est échappée,
Ballottent, ornés d'un œillet.

De jeunes écoliers en fête,
L'ont grisée, au café, ce soir :
Elle a peine à porter sa tête ;
Oscille, et finit par s'asseoir.

Elle s'endort. Ivresse amère !
Elle a du pied foulé ses fleurs.
Au taudis où l'attend sa mère..
Demain, que de coups, que de pleurs !

Les étudiants ont une âme :
La gaîté n'exclut pas le cœur :
Du moins, leur jeu n'est point infâme,
S'il est puéril ou moqueur.

L'un d'eux, prenant une casquette
Et taxant ce qui les charmait,
Vint autour de chaque banquette,
Quêter pour celle qui dormait.

« Tiens ! dit-il, à la bouquetière
« Qui s'éveilla presque aussitôt ;
« Voilà pour la semaine entière ;
« Ce soir, tu peux rentrer plus tôt. »

« Merci ! dit l'enfant abattue :
« Ah ! si c'était ainsi toujours,
« Je pourrais n'être plus battue :
« Hélas ! je le suis tous les jours ! »

L'HIVER

Voici l'hiver et les frimas :
Tout est larmes ; tout est torture :
L'hirondelle a fui nos climats,
Craignant le deuil de la nature.

Le ciel reflète la douleur :
Le bois est froid et solitaire :
Le soleil n'a plus de chaleur :
Le givre vient glacer la terre.

Le pauvre souffre et tend la main ;
Car, malgré son ardeur virile,
Il ne peut pas trouver de pain,
Sur un sol devenu stérile.

Hélas ! je suis un criminel !
L'hiver qui fait couler vos larmes,
Pour moi, devrait être éternel,
Tant il me semble plein de charmes :

Jours qui nous fixent au logis :
Heure charmante, où ma mignonne
Cache ses petits doigts rougis,
Dans mon sein qui gonfle et frissonne !

CONSOLATION

Dans le creux d'un ravin se cache une chaumière :
La porte est un volet qu'on fixe avec un clou ;
Sous le chaume, à l'abri de la pluie, est un trou,
    Pour laisser passer la lumière.

Des hardes d'odeur âcre, en un bahut de bois,
Dans lequel des souris, par régiments, s'abritent :
Un lit — sur des carreaux de pierre qui s'effritent, —
    Posant d'un pied, penchant de trois.

L'homme est tout jeune encor ; mais la grande misère
Et le soleil de juin, déchirant ses haillons,
Sur sa chair qui se bronze, ont gravé leurs sillons,
    Et penché son front vers la terre.

La femme, sans compter les jours ni les douleurs,
Jeune et l'air vieux déjà, sait accepter la vie :
On ne l'entend jamais dire un seul mot d'envie :
    On ne la voit jamais en pleurs.

Au fond de cette hutte où tout paraît souffrance,
Le ciel laissa filtrer les rayons du printemps ;
Un jour, le vent d'été ramena les beaux temps,
    Et fit renaître l'espérance.

Au soleil, un bébé, s'amusant sur le seuil,
Respirant la santé, tout barbouillé de sable,
Fait sourire ces gens que la misère accable,
    Et les console de leur deuil.

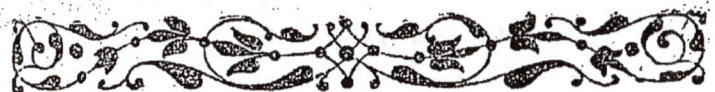

UNE TOMBE QU'ON PROFANE

*Moreau, der Held fiel hier an der Seite
Alexanders — den 27 August 1813.*

Que de fois en été, rêveur et solitaire,
J'allais sur le coteau discrètement m'asseoir,
Pour contempler le ciel et voir dormir la terre
    Sous les parfums du soir !

J'avais l'âge où le cœur est riche d'espérance :
Je rêvais le voyage et les pays divers ;
Hélas, que j'étais fou de penser que la France
    Est dans tout l'univers !

Sur les rives de l'Elbe, à l'onde jaunissante,
Aujourd'hui je languis ; et mon œil incertain
S'égare, et va parfois sur cette eau frémissante
    Jusqu'au foyer lointain.

4

Hier, sur les plateaux qui, tels qu'un diadème,
Devraient servir à Dresde et ne lui servent pas,
J'étais allé porter, au seuil de la Bohème,
      Ma tristesse et mes pas.

Tout à coup, j'entendis des voix mélodieuses ;
Et bientôt éclairé, comme par un flambeau,
Je vis, non loin de moi, des femmes radieuses
      Chanter près d'un tombeau.

O ciel ! où suis-je donc ! et quel est ce vertige ?
Les filles que voici seraient donc sans pudeur,
La mort de ce pays, n'aurait donc ni prestige,
      Ni larmes, ni grandeur !

J'étais prêt à briser ces femmes en délire ;
Hélas ! et j'allais être un injuste bourreau ;
Sur la pierre, en relief, mes yeux venaient de lire
      Un nom souillé : Moreau !

UN DEUIL EN MER

Les pêcheurs ont trouvé le cercueil d'une vierge,
En jetant leurs filets au sein du flot mouvant.
Les voici de retour, loin du bruit, loin du vent :
Leurs femmes font brûler, près du cercueil, un cierge.

Elle est morte à vingt ans. Etait-ce donc son tour ?
Un soir, que le navire ondulait sous ses voiles,
Elle s'est endormie en fixant les étoiles ;
Et la mer eut son corps, le lendemain, au jour.

Elle s'est endormie ; et sa bouche mignonne
Semble sourire encore à cet arrêt du sort.
Quand elle fauche un front si candide, la mort
Doit voir passer le ciel dans le coup qu'elle donne !

Elle s'est endormie ; et le flot écumant
A ravi son cercueil, peut-être aux yeux d'un père ;
Ou peut-être, au pays, pleure et se désespère,
Encor plus désolé que son père, un amant.

Amant, père, soyez heureux dans l'infortune ;
Car la mer n'aura pas le corps de cette enfant,
Dieu qui régit la mer par ses lois, le défend ;
Et c'est une faveur, hélas, s'il en est une !

En jetant leurs filets au sein du flot mouvant
Les pêcheurs ont trouvé le cercueil d'une vierge.
Il est à vous ! Allez sous la lueur du cierge ;
Et creusez son tombeau loin du bruit et du vent !

MERS ET MONTS

O fille de l'Auvergne, au fond de ta montagne,
　　Tu connais à peine les pleurs ;
Mais moi qui dois la vie aux flancs de la Bretagne,
　　Je sais ce que sont les douleurs.

Tous ces monts, qui sur toi jettent leur ombre noire,
　　Sont couronnés de bois exquis :
Ils ont la même forme ; ils ont la même histoire,
　　Qu'au jour où tu les as conquis.

Tandis que cette mer, dont l'onde est si farouche,
　　Nul de nous n'a pu l'enchaîner.
Quand elle est favorable à l'esquif qui la touche,
　　Elle fait encor frissonner.

Tu reposes, la nuit, dans ta fraîche vallée :
    La montagne ne gronde pas.
Ta famille chérie, à ta voix assemblée,
    S'endort, sans crainte du trépas.

Moi, je veille toujours ; car, les soirs de tempête,
    La Mer, sous ses flots triomphants,
Invincible en sa force, impie en sa conquête,
    Pourrait emporter mes enfants !

Quand le jour naît, ton fils s'en va, l'âme joyeuse
    Ton œil ne suit pas son chemin :
C'est qu'il revient, le soir ; et tu sais, femme heureuse,
    Que ces soirs ont leur lendemain.

Moi, quand j'ai de grands fils, la mer en sait le nombre :
    Elle les prend virils et beaux ;
Et rien ne survit d'eux, ni leur nom, ni leur ombre ;
    Ils n'ont pas même de tombeaux.

Va, fille de l'Auvergne, aux flancs de la montagne,
    Sous le ciel bleu, chanter l'amour ;
Moi, j'irai tristement aux côtes de Bretagne,
    Verser des larmes, chaque jour !

RÊVERIE

Sur le navire qui me ramenait
d'Angleterre en France.

On vient de lever l'ancre ; on a quitté la terre !
    O France, enfin, je vais donc te revoir !
J'ai trouvé des amis, au sein de l'Angleterre,
    Mais, mon pays, rien ne peut te valoir !

Tout s'endort, sauf le flot qui berce le navire ;
    Hormis celui qui, l'œil à l'horizon,
Cherche déjà la côte et déjà le sourire
    De tous les siens groupés dans sa maison.

Dieu clément ! je t'implore, à genoux, en cette heure,
    Pour ce vaisseau qui vogue et peut périr,
Car ma mère m'attend là-bas, dans la demeure :
    La mort d'un fils affole ou fait mourir !

Voici l'étoile aimée, ange du ciel sans doute,
  Ange du soir, si cher aux matelots :
Ils ont, en cette étoile, un compagnon de route,
  Qui les égaie et les suit sur les flots.

Je ne puis à présent, ô nuit enchanteresse,
  Apprécier ton charme pénétrant;
Nous devrions causer, comme amant et maîtresse :
  Mais ta beauté me laisse indifférent.

Va-t-en, va-t-en, va, fuis de la voûte éthérée ;
  Vois ; mon œil brille, et je n'ai point sommeil :
Sombres sont les atours, dont te voilà parée ;
  Et j'ai besoin des rayons du soleil!

Montre-toi donc, soleil ! viens éclairer le monde!
  Astre fécond, fais grandir sous tes feux
La terre bien-aimée, où me transporte l'onde,
  Mais où déjà sont transportés mes vœux.

C'est là qu'est le foyer, la famille chérie,
  La main qu'on cherche et qu'on trouve toujours :
C'est là qu'il faut créer, pour garder la patrie ;
  C'est là que j'aime, et finirai mes jours !

SUR LA TOMBE
DE MA GRAND'MÈRE

A MA MÈRE

L'aïeule est là, qui dort, doucement, sous la terre
    Que ma main va couvrir de fleurs :
Comme elle doit dormir, au fond de ce mystère
    Que je viens troubler par mes pleurs !

C'est en ce lieu de paix, que mon âme attendrie
    Trouve un instant l'oubli des maux :
Tout le passé renaît, dans une rêverie,
    A l'ombre de ces grands tombeaux.

Je te revois, en songe, aïeule bien aimée,
    Sous tes cheveux blancs et soyeux,
Caressant sur ton sein ma tête parfumée,
    Et me berçant de sons joyeux.

Je te revois, grand'mère, à travers le village,
    Faisant souvent la charité,
Trouvant toujours le mot qui berce ou qui soulage,
    Et belle de simplicité.

Dors en paix, grand maman; ton bébé s'est fait homme;
    Un homme est là, qui te défend :
Un homme, c'est ainsi que le monde me nomme ;
    Mais, j'ai gardé mon cœur d'enfant.

Si je prends femme, un jour ; avant qu'on ne bénisse
    Notre hyménée et son flambeau,
Nous viendrons t'éveiller, pour que ton cœur unisse
    Tes deux enfants, sur ton tombeau !

VŒ VICTIS.

Quo, quo scelesti ruitis ?

Veste courte, visage ouvert, moustache blonde,
Blonde comme les blés, accent viril et doux.
Les filles du village, en tournant dans leur ronde,
Murmuraient tristement : « Il en aime une au monde,
    Mais, ce n'est nulle d'entre nous ! »

Robe haute, teint clair, et chevelure noire,
Noire comme l'ébène, accent pur, œil aimant.
Les bergers d'alentour, menant leurs troupeaux boire,
Disaient avec tristesse : « hélas, tout porte à croire
    Que nul de nous n'est son amant ! »

Le ciel les avait faits l'un pour l'autre, sans doute :
Or, comme les monts seuls ne se rencontrent pas,
Ils se sont rencontrés, au détour de la route ;
Et le Dieu de l'amour, qu'à leur âge on écoute,
　　　Enchaîna leurs cœurs et leurs pas !

« — Ami, je suis à toi. — Mignonne, je t'adore!
« — Quand nous marions-nous? — Si tu le veux, demain.
« — Demain soit! Il est tard ; adieu jusqu'à l'aurore.
« — Enfant, il n'est pas tard ; laisse-moi dire encore
　　　« Un mot d'amour sur le chemin ! »

Le jour suivant, la guerre éclata dans la France :
Il quitta le hameau, pour n'y plus revenir,
Mourant pour le pays vaincu sans espérance.
Son amante perdit, dans ces temps de souffrance,
　　　La raison et le souvenir.

Et depuis, chaque soir, au pied de la montagne,
Elle vient souriante, et des fleurs dans la main,
« Chanter, d'un air de fête : Il est dans la campagne,
« Un soldat amoureux, qui revient d'Allemagne,
　　　« Et qui m'épousera demain ! »

LES DEUX HORLOGES

A MON FRÈRE

I

L'HORLOGE DU VILLAGE

Je suis horloge d'un village :
L'emploi n'est pas sans agrément.
D'abord, je n'ai pas trop d'ouvrage ;
Je sonne à l'heure seulement.

Puis je suis au front de l'église :
C'est le plus beau site du lieu ;
C'est là que tout se centralise,
Le marché, la mairie et Dieu.

La place est large et bien plantée ;
Et, quand reviennent les beaux jours,
Elle est, chaque soir, fréquentée
Par les amants et les amours.

L'un, à genoux, vers sa maîtresse,
Me dit d'aller plus lentement,
Pour prolonger l'heure d'ivresse,
Courte toujours pour un amant.

Un autre, aux pieds de sa future,
Abrégeant pour lui seul les lois
Des cadrans et de la nature,
Veut, à l'instant, vieillir d'un mois.

Mon cœur d'horloge est très sensible.
Après de semblables aveux,
Mon embarras est indicible :
Comment satisfaire à leurs vœux ?

Eh ! bien, je prends un parti sage ;
C'est de m'arrêter en chemin.
Ma foi ! tant pis pour le village ;
Il n'aura pas l'heure demain !

II

L'HORLOGE DE LA VILLE

Je suis horloge de la ville :
Or, je ne peux pas badiner :
Du moins, la chose est difficile ;
Tous les quarts d'heure, il faut sonner.

Je suis au palais de justice :
Quand celui-ci gagne un procès ;
Celui-là crie à l'injustice :
Et sa colère est un succès !

Certains grands jours, je vois la foule
S'attrouper vers moi bruyamment ;
Elle vocifère et s'écoule,
Quand on a lu le jugement.

Condamner un bandit sinistre,
C'est montrer de la cruauté ;
Et faire acquitter un ministre,
C'est n'avoir pas de loyauté.

Quelquefois, des femmes divines,
Coupables d'un péché d'amour,
Viennent, sur le banc des coquines,
Conter leur histoire à la cour.

Je n'ai pas un instant de grâce :
A mon repos, nul n'a songé.
Un jour, j'ai dit que j'étais lasse,
Et que je voulais un congé.

Et le soir, j'entendis, dans l'ombre,
De beaux messieurs causer entre eux.
« Oui, disait l'un, l'horloge est sombre
« Qu'on mette un cadran lumineux! »

LE POSTILLON NORMAND

Rougeaud, habile à !a harangue,
Mieux que quiconque, il savait l'art
De bien faire claquer sa langue,
Quand il se sentait en retard.

Une vieille jument flamande,
Qu'il appelait : Porte-Bonheur,
Desservait la côte normande,
Et s'en tirait, à son honneur.

Bien qu'il refusât de s'instruire,
Les dames le choyaient beaucoup,
Parce qu'il savait bien conduire,
Et ne buvait jamais qu'un coup.

Allant ainsi de ville en ville,
Il fit fortune promptement,
Et s'en vint, un jour, à Trouville
Acheter une autre jument.

Puis bientôt dix, puis bientôt trente,
Et, devenant un potentat,
Il convertit son or en rente,
En bonne rente sur l'Etat.

Enfin, sur la falaise haute,
Il se fit bâtir un chalet :
Plus d'un sous-préfet fut son hôte :
Son bonheur lui sembla complet.

Aujourd'hui, loin de la pratique,
Il fréquente le Casino :
Ainsi que le plus fort critique,
Il juge un air de piano.

Mais hélas, il ne sait pas lire !
Bah ! les livres sont ennuyeux :
Il ne sait pas, non plus, écrire,
Il sait compter : cela vaut mieux !

Il est habile à la harangue;
Et parfois, un vieux souvenir
Fait, qu'à table, il claque sa langue,
S'il entend l'omnibus venir.

LA BIBLIOTHÈQUE DU PARVENU

Il est rond comme sa fortune ;
Et je lui sais un grand défaut,
C'est d'en parler un peu trop haut,
Devant ceux qui n'en ont aucune.

Il est à ce point maladroit,
D'avoir une bibliothèque :
Il est nul comme une pastèque :
L'orthographe et lui sont en froid.

Reliure, dos, caractères,
Il a voulu tout calculer :
Ainsi que le bois à brûler,
On lui vend ses livres par stères.

Ces malheureux, sur le rayon,
Font voir, par leur aspect étrange,
Que c'est le valet qui les range :
Il les groupe par bataillon.

Fénelon près d'Aristophane,
Avec Brantôme, à son côté,
Prend des accents de cruauté
Dans cette atmosphère profane.

Boileau touche à l'abbé Cottin ;
C'est dès lors pour lui chercher noise ;
Et la Cuisinière bourgeoise
A Lamartine pour voisin.

Horace qui pleure Mécène,
Forcé de vivre avec Piron,
Crie en latin à Cicéron,
Que ce personnage est obscène.

Virgile touche à Béranger,
Et n'approuve pas ce qu'il chante :
Boccace est couché sur Le Dante,
Et lui semble un peu trop léger.

Un catéchisme est sur Voltaire
Qui rugit le jour et la nuit :
Non loin, et détestant le bruit,
Racine l'invite à se taire.

Rabelais débauche Gresset,
Et l'on surprend parfois Plutarque
Lisant à Corneille et Pétrarque
L'histoire du Petit Poucet.

Mon gros parvenu prend posture
Devant ces ouvrages nombreux,
Et dit : « Ces gens-là sont heureux,
« Que j'aime la littérature. »

Ils ont, certes, un grand bonheur,
C'est qu'au milieu de son délire,
Il ne cherche pas à les lire,
Pour leur faire encor plus d'honneur !

IDYLLE D'HIVER

Il a neigé : le ciel est gris : la terre est blanche :
Le fermier ne peut pas courir par les chemins,
Il est là, dans la salle où l'on rit le dimanche :
Sa paresse lui pèse ; il s'assied et se penche
Vers le feu qui lui brûle et la face et les mains.

La nuit vient : la fermière apporte sur la table
Les couverts en fer blanc, les verres à grand bord ;
Puis tire, en se signant, de la maie en érable,
Un pain bis entamé, dont l'odeur adorable
Réveille le fermier qui s'ennuie et s'endort.

« Ah ! vive le souper ! Je ne puis m'en défendre,
« Je m'ennuyais, dit-il. — Eh ! bien ! que fait Suzon ?
« Es-tu folle, ma fille ? Il gèle, à pierre fendre ;
« Tu nous ouvres la porte ! Allons, vas-tu m'entendre ?
« Ferme la porte ! — Femme, elle perd la raison ! »

« Non, papa, dit Suzon, une belle brunette ;
« Mais, c'est monsieur Thomas, qui vient dire bonsoir ! »
« — Ah ! c'est monsieur Thomas, douce Bergeronnette !
« Entre vite, garçon ; obéis à Suzette :
« Tu n'as pas soupé ? prends un siège, et viens t'asseoir. »

Thomas est beau garçon. Suzette est bonne et sage ;
Thomas est économe et ne perd pas son temps.
« Enfants, dit le fermier, nous vous trouvons en âge,
« Puisque vous vous aimez, de vous mettre en ménage ;
« Et nous vous marierons, quand viendra le printemps. »

Le souper achevé, le fermier, la fermière
Entourent le foyer, en causant des frimas ;
Et Suzon, qui s'est mise un peu plus en arrière,
Comprenant les grands froids de tout autre manière,
Se laisse, sans mot dire, embrasser par Thomas.

RUSE DE GUERRE

S'ennuyant fort, mais trouvant l'heure exquise,
Les vieux parents, graves et compassés,
Dans le château de la vieille marquise,
Prennent plaisir aux airs des temps passés.

Au fond du parc, sous une allée ombreuse,
Jeanne et Robert vont, la main dans la main :
L'amour a fait cette rencontre heureuse :
Leur pas de sylphe effleure le chemin.

« Écoutez bien, dit Robert, avec flamme ;
« Quoiqu'au château, nul ne nous ait compris,
« Nous deviendrons, un jour, époux et femme ;
« Car, je le sais, nos cœurs se sont épris. »

L'enfant rougit d'être ainsi devinée ;
Mais son beau front se penche indolemment.
Tous deux alors scellant leur destinée,
Sous un baiser échangent un serment.

On les rappelle, on les gronde, on les blâme ;
Puis on présente à Jeanne un prétendant,
Un jeune fat, qui semble rendre l'âme
Par les soupirs qu'il pousse en l'attendant.

Robert frémit : Jeanne se fait charmante,
Et près du fat obtient un grand succès :
Robert s'approche et dit à son amante :
« Vous riez trop : vous parlez à l'excès :

« Y pensez-vous ? »
                            « Oui, dit-elle, j'y pense ;
« Donnons un peu d'eau bénite de cour,
« A ce pauvret qui vaut bien récompense ;
« Temporisons, pour sauver notre amour ! »

Robert minaude et fait la révérence
Au prétendant qui lui rend son salut,
Et qui s'en va, le cœur plein d'espérance,
Déjà charmé de son petit début.

BÉBÉ ET POUPÉE

Il ne s'agissait pas de drame ou d'épopée,
    Encor moins de roman d'amour.
On voulait voir Germaine endormir sa poupée,
    Pour qu'elle dormît à son tour.

Or, Germaine jouait, depuis bientôt une heure,
    Avec deux jolis petits chats :
Les deux chats et l'enfant étaient dans la demeure
    Trois véritables potentats.

La maman, cependant, dit d'une voix amère :
    « Fi ! Germaine, que c'est vilain,
« D'être pour ta poupée une mauvaise mère :
    « Elle en mourra ; c'est bien certain ! »

La petite Germaine eut un mot énergique :
     « Je vais la mettre en pension, »
Dit-elle, en s'affirmant par un geste tragique,
     Qui marqua sa décision.

Mais pourtant, sans tarder, l'enfant prit sa poupée
     Et ses deux chats, sur ses genoux ;
Et chantant à tous trois un air de mélopée,
     S'apaisa dans son noir courroux.

La poupée et les chats goûtant la sérénade,
     Se prélassaient avec orgueil ;
Et Germaine, oubliant de finir la ballade,
     S'endormit dans le grand fauteuil.

LE CADRAN D'AMOUR

I

Méchant, pourquoi si tard ?
             Si tard ! c'est vrai, mignonne,
Il n'est jamais trop tôt pour le baiser qu'on donne !
      Mais, le soleil qui luit encor,
      Montre que j'ai devancé l'heure :
      Ne vois-tu pas ses rayons d'or,
      Qui font resplendir ta demeure ?
Oh ! ta vilaine horloge a tort de m'outrager ;
Elle avance, il faudra le dire à l'horloger.

      Non, non, bénissons sa folie ;
      Et croyons tous deux qu'il est tard,

Afin d'avoir plus large part
Dans ce baiser, où tout s'oublie !
Ami, si tu vois l'horloger,
Garde-toi de le déranger !

II

Eh ! quoi, c'est toi si tôt ?

          Si tôt ! est-ce un reproche :
Allons-nous regretter l'instant qui nous rapproche ?
    Mais, folle, je suis en retard :
    Voici la nuit : tout est dans l'ombre :
    Crois-moi, ma mignonne, il est tard :
    C'est l'heure des aveux sans nombre ;
Et ta vilaine horloge a tort de me juger ;
Elle retarde ; il faut le dire à l'horloger.

Non ; elle a raison, ce me semble !
Puisse-t-elle éloigner le jour
Et s'arrêter, pour que l'amour
Nous fixe plus longtemps ensemble :
Ami, si tu vois l'horloger,
Garde-toi de le déranger !

III

Exact au rendez-vous ! c'est trop d'exactitude ;
Ce n'est plus de l'amour, c'est de la servitude !
    Il n'est ni trop tard, ni trop tôt ;
    C'est de l'amour sans brusquerie,
    Amour fade et qui meurt bientôt,
    Comme un jeu sans espièglerie !
Rendez-moi mon horloge, au rhythme mensonger !
Celle-ci va trop bien ! Courons chez l'horloger !

    C'est vrai, mignonnette, tes charmes
    Me touchaient plus étrangement,
    Quand mon premier enlacement
    Calmait ta surprise ou tes larmes.
    Partons, courons chez l'horloger,
    Lui dire de se déranger !

ENTRE DEUX FEUX

J'avais un vase de porphyre,
Venant d'Égypte assurément.
Gitana le trouva charmant,
Et l'emporta, sans me le dire.

J'avais un berger de Watteau,
Ou de Boucher ; des deux peut-être :
Pâquerette doit s'y connaître :
Elle a dérobé le tableau.

J'avais trouvé chez un libraire
Un elzévir, pour deux cents francs :
Gitana, pour quelques rubans,
Le vendit chez un antiquaire.

J'avais, ainsi qu'un écolier,
L'amour des vieux sous de tout âge :
Pâquerette trouva plus sage,
De s'en faire faire un collier.

Mais Gitana, mais Pâquerette,
L'une après l'autre, ou même en chœur,
N'ont jamais emporté mon cœur,
En dévalisant ma chambrette.

LUNE DE MIEL

Le soleil s'est levé sur leur lune de Miel,
    Discret, tardif, plein de mystère :
Le Dieu cher aux amants le lutinait au ciel,
    Pour le dérober à la terre.

Le fier époux murmure une chanson d'amour,
    Suite d'une extase adorable ;
Et voudrait, d'un baiser, voiler l'éclat du jour,
    Pour rendre ce jeu plus durable.

L'épouse, encor timide auprès de son époux,
    Et semblant demander la trève,
Se livre, sans défense, à cet instant si doux,
    Qui vient éterniser son rêve.

Enfin, tous deux légers, comme un souffle du soir,
    Délaissant soudain leur demeure,
Loin des yeux, loin du bruit, dans le parc vont s'asseoir
    Et s'adorer, encore une heure.

Le ciel est bleu : tout est parfumé : les oiseaux
    S'assemblent par troupes joyeuses,
Vers un beau lac dormant, et trempent dans ses eaux
    Le bout de leurs plumes soyeuses.

L'abeille, au fin corsage, auprès des belles fleurs
    S'est envolée et s'est posée ;
Tandis que le soleil rayonne et boit les pleurs
    Qu'a laissés couler la rosée.

Chaque arbre se balance, au gré du vent d'été
    Et sous la chanson langoureuse,
Que chante en cet endroit plein de serénité,
    Une tourterelle amoureuse.

Alors, lui se dressant, comme s'il voyait Dieu ;
    Comprends-tu, dit-il, mon délire ?
Le ciel m'a fait poëte ; et dans un pareil lieu,
    La Muse fait vibrer ma lyre !

Je t'ai compris, dit-elle ; et moi-même, à mon tour
    J'acclame la Nature en fête.
Je t'ai compris ; ton cœur s'est livré sans retour :
    Allons ! chantez, mon beau poëte !

L'URNE BRISÉE

Alerte, comme un papillon,
Joyeuse, comme un jour de fête ;
Portant une urne sur sa tête,
Elle a descendu le vallon...

Dans le ravin est une source
Qui jaillit sur de fins cailloux,
Sans bruit, loin des ruisseaux jaloux,
Limpide et libre dans sa course.

C'est là que la fillette vient,
Penchant son urne au sein de l'onde,
Mirer sa chevelure blonde
Et le ruban qui la retient.

O ciel ! ce soir, à son sourire
Un doux sourire a répondu :
L'onde a frémi ; tout s'est fondu :
Est-ce magie : est-ce délire ?

Non ! car, l'eau reprend son niveau
Et réfléchit la même image :
Ce n'est, certes, pas un mirage ;
C'est bien un sourire nouveau.

L'enfant pousse un cri de surprise ;
Puis, reconnaît dans l'étranger
Un délirant petit berger,
Dont, sans rien dire, elle est éprise.

Petit berger, comme début,
Fait une belle révérence :
Sensible à cette déférence,
La fillette rend le salut.

Mais, exilé sur l'autre rive,
« Je suis bien loin, fait l'amoureux. »
« Quoi, dit-elle, êtes-vous peureux ?
« Allons ! sautez, quoi qu'il arrive ! »

Hélas, en sautant le berger
A brisé l'urne, sur la grève :
Enfant ! Dieu trouble ainsi ton rêve,
Pour t'en montrer tout le danger !

AU BAL

Vierge! tu viens à demi-nue,
Bravant la satire et l'affront,
Valser sans grâce et sans tenue,
Du rouge aux yeux, du blanc au front.

La rose, qui sur ta poitrine
Cache la naissance des seins,
En voilant mal ce qu'on devine,
Sert habilement tes desseins.

Les écarts de ta chevelure,
Ton geste chaud, ton rire clair,
Sont des armes qui font conclure,
Que tu veux parler à la chair!

Es-tu née au soleil d'Afrique?
Sais-tu sous un jarret d'acier,
A travers ce pays féerique,
Faire frissonner un coursier?

As-tu vu le lion farouche,
Bondissant sous la cruauté
Et léchant ta main qui le touche,
Tomber épris de ta beauté?

Les fils de Mahomet, naguère,
Etaient résolus à la mort :
Sais-tu comme eux, faire la guerre ;
Sais-tu comme eux, rire du sort?

Viens-tu d'Asie ; est-tu païenne?
Vas-tu dans les rocs inconnus,
Pourchasser le tigre et l'hyène ;
Tendant ton arc sur tes seins nus?

Es-tu de Sparte ; es-tu de Rome,
Les cités, aux vertus de fer?
Et, si tu n'es fille de l'homme,
As-tu pris souche dans l'enfer?

Non ! tu n'es que poupée ; et, dans ton jeu profane,
Tu ne vaux même pas la fille-courtisane,
Charmante d'indécence, exquise en ses désirs,
Et mourant jeune encor, sous l'excès des plaisirs !

Non ! ton dieu, c'est le bal.

Et, savante statue,
Tu résistes toujours à son poison qui tue.
Vierge du mal, tu vas, dans le bruit et les fleurs,
Étaler tes habits, aux splendides couleurs ;
Ayant pour seule joie et pour effort unique,
De faire miroiter les plis de ta tunique !

Fille de parvenu, dont l'or est le blason,
Tu marches, sans jeunesse et sans diapason :
Tu n'es point de ton sexe, encor moins de ton âge !

Et, de moins en moins femme, après le mariage,
Tu reviens, chaque hiver, dans ce monde étouffant,
Épouse sans époux, et mère sans enfant !

SIBYLLE

Alphonsine, la blonde, au regard prophétique,
A la casaque rouge, aux bas couleur de chair,
Dit la bonne aventure aux badauds, en plein air ;
Et, pour les délicats, reçoit dans sa boutique.

Celui-ci, chicaneur, gagnera son procès :
Alphonsine aime assez à ne froisser personne ;
Et, comme fort souvent la prophétie est bonne,
Celui-là, commerçant, sera riche à l'excès.

Or, ce soir, une fille, au cœur plein de torture,
Entre chez Alphonsine, et, dans un papier blanc
Apportant des cheveux, elle dit, en tremblant :
« Madame, je voudrais connaître l'aventure ! »

« Non ! va-t-en ; l'on peut bien tromper les sots du jour,»
Dit Alphonsine alors, avec un fin sourire :
« Mais toi ! ton cœur est pris : je n'ai rien à prédire,
« Car, c'est donner la mort, que mentir à l'amour ! »

LA FONTAINE DE NINON

Prends garde, belle enfant, là-bas à la fontaine,
    Tu vas souvent puiser de l'eau ;
Prends garde à toi, Ninon ; la course est bien lointaine :
    Il vaudrait mieux boire au hameau !

Quel est ce doux galant qui marche avec mystère
    Et qui t'attend là, chaque soir ?
Il boit : mais ce n'est pas l'eau qui le désaltère,
    C'est de ta lèvre un mot d'espoir.

D'abord pendant un temps, tous les deux à la source,
    Vous jaserez de votre amour ;
Puis, un soir, tu diras que bien longue est la course ;
    Et tu resteras jusqu'au jour.

Hélas, le lendemain, venant à la fontaine,
Tu n'y verras plus ton amant !
C'est qu'il trouve à son tour la course trop lointaine,
Et n'a plus soif, apparemment !

BERGÈRE ET SEIGNEUR

A MON AMI GEORGES P...

> Perdican ne t'épousera pas, mon
> enfant. — A. de Musset.

Non ! je ne croirai pas votre gai babillage !
Les grands se font souvent un jeu de notre honneur,
Et plus d'une bergère est là, dans le village,
    Mourant d'amour pour un vil suborneur.

J'ai vu dans le château la salle des épées :
J'ai vu vos fiers aïeux : j'ai lu votre blason :
Il vous faut une femme, aux vertus bien trempées,
    Pour honorer vraiment votre maison !

Moi, je suis le hochet, le hochet que l'on brise!
Mes pères ont pleuré, sous votre joug de fer :
Mais vos aïeux vont voir, comme, à leur barbe grise,
    L'esclave sait échapper à l'enfer.

Vous irez, Monseigneur, répéter dans le monde
Que vos valets payés préviennent vos désirs !
Alors, dites aussi, que la bergère blonde
    N'a pas voulu servir à vos plaisirs !

Je saurai, malgré vous, me sauver du vertige
Qui changerait mes jours en des jours de douleur.
Malheur au roi qui touche à la fleur sur sa tige!
    Malheur à vous; car, je veux rester fleur !

J'ai vu dans le château la salle des épées.
J'ai vu vos fiers aïeux : j'ai lu votre blason :
Cherchez une duchesse, aux vertus bien trempées,
    Pour soutenir vraiment votre maison !

Moi, je ne croirai pas votre gai babillage ;
Et, si les grands avaient souci de leur honneur,
On ne verrait jamais les filles du village
    Mourir d'amour pour un vil suborneur !

MIRAGE

Les amours meurent par le dégoût
et l'oubli les enterre.

La Bruyère.

Il est Français ; elle est Saxonne ; et leurs deux âmes
N'ont pas voulu porter la couronne de fer :
Leur amour a bravé les hontes et les blâmes ;
Ils se sont affranchis de ces haines infâmes,
    Qui font de la vie un enfer !

7

Saxonne langoureuse, elle a dit : « je suis tienne :
« Eh ! qu'importe la race ! unissons notre sort :
« Va ! la guerre est finie ; il faut, quoi qu'il adviennne,
« Que je meure d'amour, ou que je t'appartienne !
     « Parle, réponds, veux-tu ma mort ? »

Français enthousiaste, il a dit : « si la terre
« Cache un monde inconnu du civilisateur,
« C'est là que nous irons pour ne plus voir la guerre ;
« Et, ne trouvant pas d'homme en ce lieu de mystère,
     « Nous vivrons sans persécuteur ! »

Ils se sont adorés, prodiguant leur jeunesse,
Donnant un libre cours à leurs ardents désirs.
Mais voici qu'aujourd'hui, l'amant vers sa maîtresse,
Demeure indifférent, banal ou sans caresse,
     Fuyant l'amour et les plaisirs.

La Saxonne le voit, et, la tête perdue,
Ranime de baisers le jeune homme lassé.
Il cède, il a frémi : son ardeur est rendue :
Il saisit dans ses bras cette femme éperdue,
     Et cherche à fixer le passé.

Tout s'éteint : ils sont las ; et leur main nonchalante
Achève mollement l'étreinte de l'amour.
Leurs sens se sont grisés de volupté brûlante :
Leur cœur devient muet : leur paupière est plus lente
     A s'ouvrir sous l'éclat du jour.

Puis lui, blafard, brisé, flétri par la luxure,
Penché vers sa maîtresse, et lui parlant plus bas :
« Tous mes serments, dit-il, étaient une imposture :
« L'amour, loin du pays, n'est jamais que torture :
  « Pauvre enfant, je ne t'aime pas ! »

EN WAGON

Comme il est ravissant, avec son col marin,
Son petit paletot, sa chevelure blonde,
Son teint frais, ses yeux bleus, limpides comme l'onde :
    Quelle perle pour un écrin !

S'amusant du sifflet de la locomotive,
Dressé sur ses genoux, tout contre les carreaux,
Il regarde en riant, et l'effroi des oiseaux
    Et la fleur des champs fugitive.

Une tache au tableau.
                Sa bonne, l'air narquois;
Et sa mère fardée, hélas et provocante,
— Une Vénus ridée — une ancienne bacchante,
    Ou mieux — Cupidon, sans carquois.

Pourquoi donc Messaline, en une cour amie,
A-t-elle un chérubin pour adoucir son sort,
Quand Lucrèce, la Sainte, a dû chercher la mort,
Pour échapper à l'infamie ?

LE VILLAGE DE ROYAT

J'aime ces braves gens qui sont là sur leur porte,
Respirant sans fracas l'air embaumé du soir,
Doux pour le voyageur qu'ils pressent de s'asseoir,
Et rendant son sourire à celui qui l'apporte.

Tout chargé des sarments qu'il est allé couper,
L'homme descend gaiement du flanc de la montagne :
La femme vient des champs qu'ils ont dans la campagne,
Met la table, et prépare aussitôt le souper.

Les enfants, que gardait l'obligeante voisine,
Ont durant tout le jour couru dans les vallons ;
Ils content qu'ils ont pris des fleurs, des papillons,
Et se font pardonner par leur grâce enfantine.

Délaissant son tricot, pour manger son pain bis,
Une vieille, au front blême et dont le dos se voûte,
Va boire, dans ses mains, au torrent de la route,
Puis s'assied, ferme encore, en avant du logis.

Plus loin, deux beaux amants sous la vallée ombreuse,
Perdus dans le sentier qui mène à la maison,
Chantent, en leur patois, l'éternelle chanson
Que chante, en tous pays, la jeunesse amoureuse.

Elle, les cheveux noirs avec le teint vermeil ;
Tous les deux enivrés d'amours chastes et pures ;
Tous les deux confondant leurs mains et leurs murmures ;
Et lui, les cheveux blonds, bronzés par le soleil !

L'église féodale, à la tour séculaire,
Qui voit les choses vivre et les hommes mourir,
Nous montre ses vieux murs que l'herbe vient couvrir,
Et, qu'après huit cents ans, la lune encore éclaire.

Le Puy-de-Dôme enfin, ce géant couronné
D'une étoile ! est là qui garde ces lieux sublimes ;
Et l'étoile du soir, qui brille sur ses cimes,
Semble un baiser de paix, que Dieu leur a donné.

AVEU ET BÉNÉDICTION

I

Mère, celle que j'aime est une créature
Qui répand sur ses pas l'éclat de sa beauté :
Son visage est si blanc, et sa voix est si pure,
Que l'endroit qui la cache, au fond de la nature,
Est un paradis enchanté.

Mère, tu veux la voir ? Prends le chemin qui mène
Au pays du ciel bleu, vers les vents alizés :
C'est là que l'Éternel fit à la race humaine
Le corps plus sain, l'esprit plus doux, le cœur sans haine,
Au milieu des champs irisés.

C'est là que le ruisseau s'écoule plus limpide ;
C'est là que l'oiseau chante un air plus langoureux :
Dans ce pays où nul n'est lâche, ni perfide,
La femme est vertueuse, et l'homme est intrépide ;
        C'est là que je veux être heureux.

Mère, quand tu verras une simple chaumière,
Où le lierre s'enroule, où l'oiseau fait son nid,
Où le soleil joyeux verse à flots sa lumière
Dans une chambre nue, aux murailles de pierre
        Couvertes d'un rameau bénit ;

Mère, quand tu verras une vierge modeste,
Assise sur le seuil et chantant le printemps,
Douce dans la parole et chaste dans le geste,
Orner, en rougissant, de quelque fleur agreste
        Son beau petit front de vingt ans.

Ne cherche pas plus loin : voilà celle que j'aime !
Parle-lui ; bénis-la de tes deux bras tremblants ;
Et tu verras la vierge, à cet instant suprême,
Devinant qui t'envoie et disant ton nom même,
        Baiser, mère, tes cheveux blancs !

. . .

II

Mon fils, je suis allée au pays qui la cache !
J'ai langui, j'ai souffert sous l'opprobre et l'affront ;
Mais enfin, j'ai trouvé la beauté qui t'attache :
Mon enfant, je l'ai vue ; elle est simple et sans tache ;
     Et j'ai béni son jeune front.

D'abord dans une ville où la brise est plus pure,
Je me suis arrêtée et j'ai tendu la main :
Une femme m'a dit une parole impure :
Son enfant s'est montré pour me faire une injure :
     Alors, j'ai passé mon chemin.

Ensuite dans un bourg, au pied d'une montagne
Où coule un clair ruisseau, j'ai demandé du pain :
Une fille venait au bras d'une compagne :
Toutes deux m'ont laissée errer dans la campagne :
     Alors, j'ai passé mon chemin.

Plus tard dans un village où le rossignol chante,
Pensant y rencontrer au moins un cœur humain,
J'ai demandé l'aumône ; et ma voix suppliante
A fait rire un garçon, à la face méchante :
     Alors, j'ai passé mon chemin.

Mais, sous un ciel plus bleu, j'ai trouvé dans la mousse
Un toit où des oiseaux avaient construit leur nid :
Aussitôt sur la porte une enfant belle et douce
A paru. J'ai pleuré. « Quiconque te repousse,
    « S'est-elle écriée, est maudit ! »

« Oh! va, j'ai deviné ton cruel stratagème :
« C'était pour m'éprouver que tu tendais la main !
« Ma mère, bénis-moi; je suis celle qu'il aime! »
Mon fils, je l'ai bénie; et, si tu m'en crois même,
    Nous irons la chercher demain.

DENIS ET DENISE.

CONTE D'AUVERGNE

I

Par un jour qui n'a pas assez longtemps duré,
Devant monsieur le maire et monsieur le curé,
Elle, avec le bouquet, aux couleurs virginales,
Et lui, sous l'habit noir des·fêtes triomphales,
Ils s'étaient mariés, alertes et joyeux ;
Et la plus grosse cloche avait sonné pour eux.

Fille et fils de fermiers d'un assez fort village,
Ils avaient partagé tous les jeux du jeune âge,
Ils s'étaient rencontrés sur les mêmes coteaux,
Ils avaient déniché les mêmes nids d'oiseaux,

Cueilli les mêmes fleurs, couru les mêmes courses,
Mangé les mêmes fruits, bu l'eau des mêmes sources ;
Or, ils s'étaient aimés, se l'étaient dit sans fard,
Et s'étaient épousés, six semaines plus tard.

La noce avait été parfaitement conduite.
Dans la cour, une table avait été construite,
Où quarante couverts, symétriquement mis,
Avaient su réunir quarante bons amis.
C'était au mois de mai. Le soleil sans nuages,
Donnait un air prospère à ces rudes visages,
Et chacun s'amusait.
                    — Le bon oncle Gaspard,
Témoin du marié, fort solide vieillard,
Au pantalon trop court, à la veste rapée,
Un peu mangée aux vers, dans les basques fripée,
Mais brossée avec soin, et d'un beau bleu-barbeau,
Avec des boutons d'or, recousus à nouveau. —
Et la tante Gaspard, une dame un peu lente
Et d'esprit et de corps, mais au fond, excellente.
— Le cousin Médéric, leur fils et leur orgueil,
Un gars fait en hercule et doux dans son accueil,
Capable d'éventrer un bœuf d'un coup de tête,
Et n'écrasant jamais la plus petite bête.
L'oncle avait apporté deux énormes jambons,
Pour son cadeau de noce ; et, comme ils étaient bons,
On finit par trouver l'idée assez pratique,
Bien qu'elle pût prêter, en somme, à la critique.
La mariée avait son parrain pour témoin,
Un richard, qui savait que l'âne vit de foin,

Mais qui ne voyait pas que, malgré leur richesse,
Il est des bêtes qui n'ont ni sens ni noblesse,
Et que ces bêtes là sont dans le genre humain
Celles qui, tous les jours, se nourrissent de pain.
En raison de son rang, le parrain, sans réserve,
Prodiguait son esprit, son savoir et sa verve ;
Mais nul ne l'écoutait : on trouvait, au surplus,
L'esprit hors de saison, les discours superflus :
On préférait chanter ou conter quelque histoire
Qui fût prétexte à rire ou motif à bien boire.

Le diner terminé, le Maire de l'endroit
Vint trinquer, en voisin. A son tour, maladroit,
Il fit aux mariés un discours homérique,
Bourré d'allusions, sous la forme lyrique.

Le lendemain, plus tard qu'en la forte saison,
Denis, le marié, sortit de la maison,
Serra la main de tous, brava chaque sarcasme,
Et parla de sa femme, avec enthousiasme.

Denise était jolie, avait de grands yeux bleus,
Des cheveux blond-cendré, bien peignés et soyeux,
Le teint presque bronzé des filles de campagne,
Et le calme hardi des gens de la montagne.

Denis était robuste : il avait l'œil aimant ;
Et sa force mourait dans un regard charmant.
Mais, chacun le savait homme de caractère,
Et nul n'était tenté d'éprouver sa colère.

Ils s'aimaient.

Chaque soir, aveuglés par l'amour,
Ils ne remarquaient pas qu'ils vieillissaient d'un jour.
Plus jeunes que jamais, ils tenaient à la vie ;
Et le bonheur d'aucun ne leur faisait envie.

Neuf mois après la noce, et, sans grande façon,
Denise mit au monde un beau petit garçon.

Trois ans plus tard, l'enfant se passait de sa mère :
Hélas, et celle-ci rêvant une chimère,
Celle d'avoir de l'or, avec l'assentiment
De son facile époux, s'en fut pédestrement
Tous les jours à Royat, souriante et coquette,
A la source Saint Mart, servir à la buvette.

Ils s'engageaient d'abord dans les mêmes chemins :
La fraîcheur du vallon rapprochait leurs deux mains :
Puis, Denis s'éloignait du fond de la vallée,
En regardant par où Denise était allée :
A sept heures, le soir, rentrant dans les vallons,
Suivant la Tiretaine en ses mille sillons,
Il venait à Royat, où l'attendait Denise
Heureuse de le voir, toujours bonne et soumise,
Mais ne tarissant pas sur Royat, ses baigneurs,
Et faisant résonner les sous des grands Seigneurs.

II

A quelque temps de là, le beau prince Fabrice,
Précédé d'un laquais et suivi d'une actrice
Qui s'attachaient à lui, sans trêve ni merci,
L'actrice pour l'argent et le laquais aussi,
S'installa dans Royat.

               Il s'intitulait Prince,
Bien qu'il n'eût au soleil ni château, ni province,
Mais parce qu'il était né du regard qu'un Roi
Avait eu pour sa mère, en dehors de la loi.

Fort riche de ce chef, il mangeait sa fortune,
Sans garder à son Roi la plus mince rancune.
Il était brun et pâle : il avait l'air moqueur
Du fat qui s'habitue à trancher en vainqueur.
Son œil était mobile, avait de l'énergie,
Sans jamais refléter l'abrutissante orgie :
Fabrice avait, pourtant, cet air voluptueux,
Qui fait impression sur les plus vertueux.
Il était insolent, mais tirait bien l'épée :
Déjà sa vie était une triste épopée
De querelles de jeu, de scandaleux procès,
Ou de soufflets donnés, dans une nuit d'excès ;

Brutalité qui veut qu'un verre de champagne
Soit prétexte à verser son sang dans la campagne.

Fabrice n'aimait pas une femme longtemps :
L'amante de l'hiver s'en allait au printemps.
Rien ne lui résistait : Avare de caresses,
Il avait cependant de splendides maîtresses.
Il était calme et beau ; jamais dans les festins,
Il ne perdait la tête au bouquet des bons vins :
Lorsque ses amis, gris, fumant leur pipe d'ambre,
Versaient le punch flambant, au milieu de la chambre,
Il restait impassible, ou souriant un peu,
Il sonnait son laquais, pour éteindre le feu.
Les femmes l'adoraient : elles voulaient connaître,
Dans leur froid glacial, les baisers d'un tel maître.

Sa maîtresse d'alors était Catalina,
Une actrice fameuse, une Prima-Donna,
Une étoile d'Espagne, à la tête cuivrée,
Au regard langoureux des gens de sa contrée,
Parlant mal le français, mais assez bien encor,
Pour savoir la valeur des bijoux et de l'or.

Fabrice, saturé de la belle étrangère,
Rêvait d'être l'amant d'une simple bergère.
Catalina d'ailleurs, voulait revoir Paris :
Un prince d'Angleterre en était fort épris :
La rupture se fit sans la scène fatale.
Catalina revint dans notre capitale.

8

Pour oublier un peu les grogs du boulevard,
Fabrice venait boire à la source Saint-Mart.
Il remarqua Denise ; il la trouva jolie,
Complaisante pour tous, pas sotte, fort polie ;
Il l'aima, le lui dit : A la table de jeu,
Le soir, au Casino, parla d'elle avec feu.

Lui qui dans son mutisme apparaissait stupide,
Il était devenu bavard ; et l'œil cupide,
Il criait devant tous : « Je serai son amant : »
Tel éclate un volcan qui grondait sourdement.
Or, un jour qu'il perdait, il prit en main un verre,
Le tourna dans ses doigts, le brisa contre terre,
« Et dit : Bah ! la vertu, voilà ce que j'en fais !
« Votre Denise ira dormir dans mon palais. »

Il a dit vrai.
            Denise est sombre, et s'inquiète ;
Et plus elle est rêveuse, et plus elle est coquette.
Ruban frais, aujourd'hui, robe neuve, demain,
Une rose au corsage, une bague à la main,
Le dégoût, le dédain, aucune bienveillance,
Un service mauvais, beaucoup de nonchalance ;
Le soir, quand Denis vient, un visage en courroux,
C'est un mari grondeur, c'est un tyran jaloux ;
L'enfant dort mal, la nuit, et souvent la réveille ;
Elle a, durant le jour, tous ses cris dans l'oreille ;
Elle est maussade alors, et les buveurs nombreux
Ne sont plus, comme avant, pour elle généreux.

« Vois-tu, lui dit Denis : tout est fini, Denise ;
« Tu ne sais plus m'aimer : notre amour agonise :
« Je n'irai plus t'attendre, à la source Saint-Mart ;
« J'ai besoin dans les champs : je rentrerai plus tard. »

Il rentrait, en effet, moins tôt que de coutume,
L'œil éteint, le front bas, le cœur plein d'amertume.

Or un soir, à la nuit, à travers les carreaux
Que ne suffisaient pas à masquer les rideaux,
Il voit un étranger, un jeune homme, un bellâtre
Riant avec sa femme assise auprès de l'âtre.

« Le prince ! » hurle-t-il ; et prenant dans sa main
Une massue en bois, qu'il trouve en son chemin,
Il entre et, comme un Dieu qui vient faire justice,
D'un seul coup de la masse, il immole Fabrice !

III

La cour, toute puissante en sa décision,
A condamné Denis à la réclusion :
Cinq ans d'ignominie, au fond d'une bastille,
Avec de noirs bandits, pour unique famille.

IV

Les cinq ans sont finis. Denis sort de prison,
Et reprend le chemin qui mène à la maison.
On dirait à le voir, tant sa figure est sombre,
Quelque jeune martyr que les douleurs sans nombre
Conduisent à la mort, avant qu'il en soit temps,
En faisant un hiver de son dernier printemps.

Denise est chez sa mère ; on ne parle plus d'elle.
L'enfant est élevé par un ami fidèle :
D'ailleurs, tous au pays estiment fort celui
Qui se voit libre enfin, et qui rentre aujourd'hui.

Il marche tête basse ; et rien dans la campagne,
Ni les fleurs du vallon, ni l'air de la montagne,
Ne l'arrache à son rêve : il marche et ne voit pas
Que le passé renaît sous chacun de ses pas.
L'eau perle sur son front, et ses jambes faiblissent.
Il s'assied un instant : ses forces le trahissent ;
Et voici qu'un enfant qui descend du coteau,
Vient se désaltérer dans l'onde du ruisseau.
Denis s'est redressé : le trouble le domine :
Il rougit, son cœur bat, et son œil s'illumine.

Cet enfant ! c'est le sien ! Le ciel vient de s'ouvrir !
C'est son fils ; et son fils ne peut pas le flétrir !
C'est bien lui ! Le portrait qu'il cache sous sa veste,
Et qu'il avait là bas, éloquemment l'atteste !
Son enfant ! Il voudrait lui parler, l'embrasser.
Un affreux souvenir semble le terrasser :

Il hésite : bientôt, la nature est plus forte ;
Et d'un seul bond, il vient où son amour le porte.

« Sois sans crainte, petit : comment t'appelle-t-on ? »

Et l'enfant simplement :
                « Denis, voilà mon nom. »
« Et ta mère ? »
                « Elle est morte. »
                        « Et ton père ? »
                                « Au village,
« On sait qu'il est marin ; et, si je suis bien sage,
« On m'a promis qu'un jour, je serais comme lui :
« Je voudrais, voyez-vous, que ce fût aujourd'hui. »

« Embrasse-moi, répond l'homme dont la voix tremble ;
« Et, quand tu seras grand, nous partirons ensemble ! »

LE MUR MITOYEN

Un mur fait de platras et de briques cassées,
Mais revêtu d'un lierre, aux tresses enlacées,
Divise deux maisons que ne divise rien.
Jugez-les par le mur, vous les jugerez bien.
On a bâti le mur, parce qu'il faut se clore ;
On l'a fait peu solide, et trop solide encore.

Sur sa crête est un nid, d'où s'échappent joyeux
Quelques jeunes oiseaux, au plumage soyeux.
D'un côté, Marguerite, exquise créature,
Se hisse sur un banc pour leur porter pâture ;
Et de l'autre, René, jeune homme fort savant,
Pour consigner leurs mœurs, grimpe au nid bien souvent.

C'est là que tous deux ont appris à se connaître,
Parlant des nouveau-nés, de ceux qui pourraient naître,
Prodiguant tour à tour leurs soins aux plus chétifs,
Caressant les plus doux, grondant les plus rétifs ;
Et c'est ainsi, qu'un soir, à cheval sur la crête,
René vers Marguerite inclinant trop la tête,
Murmura le seul mot qui peigne bien l'amour :
« Je t'aime » ; et celle-ci le paya de retour.
Afin d'être ignorés et de donner dans l'ombre,
Un courant plus facile à leurs aveux sans nombre,
Ils ne venaient ensemble au mur, que vers le soir,
Pour coucher leurs oiseaux ou leur dire bonsoir ;
Mais, vingt fois, devançant cette heure favorite,
René venait tout seul attendre Marguerite,
Et, vingt fois, dans le nid, glissait un billet doux,
Que celle-ci trouvait avant le rendez-vous.

Un jour, la jeune fille était près de sa mère
Qui lisait gravement quelque récit sévère,
Quand un oiseau du nid, s'en vint, sur le feuillet,
Laisser choir de son bec un tout petit billet.
Le sot ! Porter ainsi le trouble en la famille,
Et confondre en amour la mère avec la fille !

Marguerite et René furent d'abord punis,
Ensuite pardonnés, en même temps qu'unis.
Leur ouvrant sa nef d'or, l'église enrubannée,
Vit le prêtre de Dieu bénir leur destinée ;
Puis, comme de coutume, à la brise du soir,
Sur la crête du mur, René voulut s'asseoir :

Marguerite aussitôt près du banc vint sourire.
Si les oiseaux disaient ce qu'ils ne peuvent dire,
Ils diraient qu'ils ont vu, sans scandale, je crois,
René sauter le mur, pour la première fois !

LA FIN D'UN RÉVEILLON

Tous les marchands forains bénissaient la Fortune !
La nuit était superbe ; et les Etudiants
De baraque en baraque, et sans en omettre une,
Achetaient des joujoux. O bébés de vingt ans !

A l'aube, les marchands fort contents de la vente,
Décidèrent en chœur qu'on ne fermerait pas :
Mais les Écoliers gris, que le jour épouvante,
Regagnèrent d'instinct leur logis, à grands pas.

Le Réveillon mourut sous la dernière étoile :
Déjà pressant l'Aurore, un Chérubin du Ciel
Arrachait à la Nuit, un par un, chaque voile,
Et réveillait le Monde, en lui criant Noël !

Noël ! et je songeais, moi, rêveur et poëte,
Qu'après dix-huit cents ans, Savant ou Novateur

Nul ne peut, nul ne doit trouver plus belle fête
Que celle qui consacre un culte au Rédempteur !

Noël ! et je croisai, le long d'une boutique,
Un enfant qui portait dans ses bras un gros pain,
Un enfant d'ouvrier, un enfant chlorotique,
Un ange pâle, un ange issu du genre humain.

C'est lui que l'on avait chargé dans le ménage,
Dès le lever du jour, d'aller au boulanger ;
Et le petit bonhomme, étonnant pour son âge,
Calculait sans erreur ce qu'on devait manger.

Il trottait, il trottait, regagnant sa demeure,
Regardant toute chose, et semblant très surpris
De voir de beaux messieurs, en une pareille heure,
Marcher tout de travers, comme un ouvrier gris.

Je suivis cet enfant. Soudain, le petit homme
S'arrêta court devant une baraque en bois
Pleine de grands jouets et de sucres de pomme ;
Et le pauvre mignon eut un éclat de voix.

« — Ah ! que c'est beau ! » — « Choisis un jouet. » — « Non le Père
« Est trop pauvre ; il n'a pas d'argent pour des joujoux. »
« — Prends, je paierai pour toi : tu diras à ta mère
« Que c'est petit Noël qui l'a porté chez vous. » —

— « Mais non ! petit Noël vient par la cheminée ;
« Et la nôtre était vide ! » — « Eh bien ! c'est un cadeau

« Que je te fais : prends, prends. » — La face enluminée,
L'enfant fixa d'un œil éloquent un bateau,

Un modeste bateau, voisin d'une bergère
Qui minaudait avec un pantin frais et gras.
Je posai le bateau par sa coque légère
Sur le pain que l'enfant tenait entre ses bras.

Et l'enfant s'éloigna, l'âme folle de joie :
Il eût lâché le pain pour sauver le bateau ;
Convoitant son joujou, comme un tigre sa proie,
Il s'aidait du menton pour fixer le fardeau.

. . . .
. . . .
. . . .

Un dimanche, — j'avais oublié l'aventure —
Je vis sur le petit bassin du Luxembourg
Mon bateau qui penchait sous le vent sa mâture,
Et le père et l'enfant qui s'amusaient autour.

L'histoire est arrivée à Noël, à l'aurore,
Dans le quartier latin : j'y viendrai l'an prochain ;
Et j'espère que Dieu voudra permettre encore
Que je mette un jouet sur un morceau de pain !

ANGE ET DÉMON

I

Le ciel, en le créant, l'avait fait sans défaut :
Sa femme le trompait !

On le disait tout haut.
Il marchait impassible au milieu de la vie,
Travaillant avec calme et souffrant sans envie,
S'asseyait au foyer, sans amour, sans humeur,
Et dans le monde, était sourd à toute clameur.
Sa femme le trompait !

Affolée, enivrée,
Un soir, après la valse, elle s'était livrée,
Jeune, et mesurant mal l'horreur de son forfait.

Plus tard, loin de rougir de ce qu'elle avait fait,
Elle se donna toute à l'étreinte profane ;
Comme si la Phryné, dont la beauté se fane,

Savait, à son déclin, décupler ses désirs,
Et renforcer d'un sang vermeil tous ses plaisirs.
Sa femme le trompait !

            Mais, l'amour de sa fille
Lui faisait accepter le foyer de famille.
Il avait une fille ; et jamais un soupir,
En montant à son cœur, n'était venu trahir
Ou laisser deviner ses poignantes alarmes ;
Et jamais ses baisers n'étaient mouillés de larmes.

L'enfant était jolie : elle avait dans la voix
Un charme douloureux, trop pénétrant, parfois,
Et trop empreint, toujours, d'une infortune amère
Pour qu'elle ne sût pas le péché de sa mère.
Elle était si tremblante et si pâle souvent,
Qu'on eût dit un roseau que va briser le vent.
Elle adorait son père ; et rien ne peut décrire
L'accent avec lequel elle savait lui dire :
« Petit père chéri, viens près de moi t'asseoir :
« Toi seul ici me voit : je vais pleurer ce soir. »
L'homme de fer, alors, dominant sa torture,
Entourait de ses bras la chaste créature :
« Pourquoi pleurer, enfant, lui disait-il tout bas ? »
      Elle lui répondait : « Père, je ne sais pas! »

Un jour, l'enfant plus gaie, avait d'une caresse,
Mieux souligné sa grâce et marqué sa tendresse.
Le père la comprit, et dit, d'un ton discret :
« Fille, ton petit cœur me cache un gros secret,

« Et tu te tais en vain. »

        « Devine, reprit-elle. »

« Je ne puis. »

      « Si : Robert ! »

          « Eh ! quoi, Mademoiselle ! »

« Mon fiancé, veux-tu ? dis, père bien aimé ?

« Est-ce mal ? non ; tu ris ; te voici désarmé. »

Et le père, en effet, tout à la joie intime

Que fait naître dans l'âme un bonheur légitime,

Bénissait son enfant, avec un long baiser,

Et croyait voir ainsi son chagrin s'apaiser.

II

Il vivait loin du bruit, cherchant la solitude.

A quelque temps de là, contre son habitude,

Il parut dans un bal. Sous les fleurs, sous les feux,

Il contempla longtemps et la danse et les jeux.

Il souffrait ! Ses grands yeux pleins de mélancolie,

Brillèrent d'un éclair de haine et de folie ;

Mais sa haine mourut, quand il vit son enfant

Passer, joyeuse, au bras de Robert triomphant.

Tout à coup, quelques mots firent dresser sa tête.
Les invités d'un groupe étranger à la fête,
Causaient de lui, tout haut, pour être mieux compris
Sans doute, et le traitaient, avec un franc mépris.
Il écouta, le front tendu. Sa main tremblante
Passa nerveusement sur sa face brûlante.
Le salon retentit sous un rire moqueur !

Alors, comme un lion que le fer touche au cœur,
Il bondit. Il allait les frapper au visage,
Lorsque sa fille encor, valsant sur son passage,
Le couvrit d'un regard pur et consolateur.
Il demeura muet devant son insulteur ;
Puis il sortit, à l'heure où chacun se retire,
Plus calme qu'un chrétien qui sourit au martyre.

Il éclata chez lui : « Viens près de moi t'asseoir,
« Dit-il à son enfant, je vais pleurer ce soir ! »
Sa fille l'embrassa, douce, pleine de charmes,
Buvant par des baisers chacune de ses larmes.
« Père, pourquoi pleurer, lui dit-elle tout bas ? »
Alors il répondit : « Fille, je ne sais pas! »

III

A la fin de l'hiver, l'enfant était mourante,
Mourante et belle encor, sans douleur apparente,
Ouvrant ses beaux yeux bleus et fixant le soleil,
Comme s'il l'éclairait, à son dernier réveil.
A l'automne, parfois, croisant sa pèlerine,
Toussant un peu, portant ses mains à sa poitrine,
Elle disait : « J'étouffe » ; et nul ne le croyait ;
Elle disait : « Je meurs » ; et nul ne le voyait.
Elle mourait.

      Pourtant, une longue accalmie
S'était produite enfin : la malade endormie
Respirait mieux. Son père était depuis trois jours
Assis à son chevet : il espérait toujours.

— Soudain, il entendit rire dans la demeure ! —

Quel profane riait, en une pareille heure ?
Dieux ! sa femme !

      L'époux a reconnu la voix !
« C'est trop, murmure-t-il : ah ! c'est trop cette fois.
« Puisque Dieu ne veut pas bénir mon sacrifice,
« Je vais me révolter et me faire justice ! »

Sur le rebord du lit, il mit ses doigts tremblants.
Il se pencha. Plus rien ! plus rien sous ces draps blancs'
Plus rien ! la mort !

    Ma fille ! elle est morte, elle est morte !
Cria-t-il ; elle est morte !

     Il courut à la porte,
Et sortit.

   Il était farouche et menaçant..

Lorsqu'il revint, ses doigts étaient tachés de sang.
Robert entrait.

    « Tu vois, lui dit-il, je me venge !
« Jusqu'ici le démon était sauvé par l'ange,
« Robert. L'ange devait bientôt porter ton nom ;
« Le ciel l'a pris ; mais moi, j'ai tué le démon ! »

LA PRÉSENTATION

Ma tante a cinquante ans, le cache et le réprouve ;
Est veuve, mais l'oublie ; est très riche et le prouve ;
Reçoit trop, sort autant, ne compte point ses pas,
Se mêle de ce qui ne la regarde pas ;
Étouffe tout l'été, va de plages en plages ;
Se chauffe tout l'hiver, et fait des mariages.

Nous sommes en hiver : j'ai beau me récrier ;
Elle m'aime beaucoup et veut me marier.

L'autre jour, par ses soins, une lettre élégante,
Mais de nom inconnu, comme un jeu d'intrigante,
Vint m'inviter au bal : soins vraiment superflus !
Je balayai la lettre, et je n'y songeai plus.

Ma tante sut, d'un mot, ranimer ma pensée :
« Ne manque pas au bal ; c'est chez ta fiancée ! »
Ma fiancée ! eh! bien, il fallait convenir
Que ma tante lisait très loin dans l'avenir.
J'en conçus du dépit. J'acceptai. Dans ma tête,
J'arrêtai ma conduite à la petite fête.
J'étais si fort choqué, que j'étais résolu
A n'apporter au bal qu'un mutisme absolu.

Ma tante me peignit la maison, la famille,
Dit un mot de la dot et de la jeune fille.
Je me préparai donc ; et, le soir convenu,
Je vins, en habit noir, sonner chez l'inconnu.
Ma tante me devait recueillir au passage,
Puis présenter au sieur du lieu, selon l'usage.

Quand j'arrivai, je vis des laquais sur le seuil,
Qui me firent vraiment le plus parfait accueil.
L'un d'eux, qui m'escorta dans la pièce d'attente,
Dit : « Qui dois-je annoncer? » Je répondis : « Ma tante. »
Le sot me regarda, d'un air original,
Mais il ouvrit la porte et j'entrai dans le bal.

Pas de tante !
        Elle avait manqué d'exactitude.
Je restai confondu. Ma plaisante attitude
N'étonna nul danseur. Chacun semblait penser
Que je n'avais besoin que de savoir danser.
Je me tenais, pourtant, fort éloigné du centre :
Je n'osais pas braver le tigre dans son antre.

Tout à coup une blonde, au front pur, aux yeux bleus,
Vint porter jusqu'à moi son air miraculeux.
Elle! ma fiancée! Et voyez, sans contrainte,
Je la trouvai bien mieux qu'on ne l'avait dépeinte.
Très blonde, elle l'était; mais, j'aime le blond d'or :
Très grande, elle l'était ; je suis plus grand encor.
Ma tante m'avait dit : elle n'est pas jolie ;
Et moi, je la trouvais en tous points accomplie.
De sorte que, vouant ma tante au ciel vengeur,
Je me présentai seul : n'étais-je pas majeur !

Ma tante ne vint pas.

           Mais, amoureux sans elle,
Je témoignai ma flamme à cette demoiselle,
Et, lorsque je quittai le bal, il faisait jour !

Alors, la tête en feu, le cœur brûlant d'amour,
J'écrivis à ma tante, au cours de la journée :
« Ne vous excusez pas, vous êtes pardonnée;
« Votre choix est exquis : j'irai vous voir demain,
« Et vous prierai bientôt de demander sa main. »

Ma visite fut courte et n'eut rien de bien tendre.
Nous parlâmes longtemps d'abord, sans nous comprendre.
Enfin tout s'expliqua.

           Dans la même maison,
On donnait deux grands bals, pour ouvrir la saison.
Tandis que tout là haut, pâlissant sous l'outrage,
Ma tante m'attendait et dévorait sa rage,

Moi, fort innocemment, arrêté tout en bas,
Je la cherchais partout et ne la trouvais pas !

Ma tante ne veut point pardonner ma méprise,
Parce que ma danseuse est de moi fort éprise ;
Et que, de mon côté, la trouvant sans défaut,
Je refuse tout net de voir celle d'en haut.

De sorte, qu'aujourd'hui, pour apaiser ma tante
Qu'il serait dangereux de laisser mécontente,
Je cherche, pour là haut, un jeune homme accompli,
Comme la pauvre enfant, ni trop laid, ni joli.
Mais, ma tante, pour Dieu ! pas d'autre maladresse !
Et d'ailleurs, c'est moi seul, qui donnerai l'adresse.

TABLE

Imp. A. DERENNE, Mayenne. — Paris, boul. Saint-Michel, 52.

LIBRAIRIE ALPHONSE LEMERRE

27-31, *Passage Choiseul — Paris*

PETITE BIBLIOTHÈQUE LITTÉRAIRE

Volumes petit in-12 (format des Elzévirs) imprimés sur papier vélin teinté.

ŒUVRES COMPLÈTES DE FRANÇOIS COPPÉE

ŒUVRES COMPLÈTES DE SULLY PRUDHOMME

ŒUVRES D'ARMAND SILVESTRE

Imp. A. DERENNE, Mayenne. — Paris, boul. Saint-Michel, 52.